飞行，遇见日月星辰

赵芳婷 著

廣東旅游出版社
GUANGDONG TRAVEL & TOURISM PRESS
中国·广州

图书在版编目（CIP）数据

飞行，遇见日月星辰 / 赵芳婷著. — 广州 ：广东旅游出版社，2020.1
ISBN 978-7-5570-1412-4

Ⅰ. ①飞… Ⅱ. ①赵… Ⅲ. ①散文集－中国－当代 Ⅳ. ①I267

中国版本图书馆CIP数据核字(2018)第151333号

出 版 人：刘志松
策划编辑：殷如筠　方银萍
责任编辑：江丹燕
装帧设计：谢晓丹
插　　画：林　彦　Hayako
责任校对：李瑞苑
责任技编：冼志良

飞行，遇见日月星辰
FEIXING,YUJIAN RIYUE XINGCHEN

出版发行：广东旅游出版社
社　　址：广州市越秀区环市东路338号银政大厦西楼12楼
邮　　编：510060
邮购电话：020-87348243
印　　刷：深圳市希望印务有限公司
（深圳市坂田吉华路505号大丹工业园二楼）
开　　本：889毫米×1194毫米　1/32
印　　张：8
字　　数：67千字
版　　次：2020年1月第1版第1次
定　　价：58.00元

以此书献给我的父母及一切爱我的人

爱丁堡
曼彻斯特
哥本哈根
阿姆斯特丹
巴黎
慕尼黑
苏黎世
维也纳
布达佩斯
米兰
威尼斯
梵蒂冈
罗马
索菲亚
巴塞罗那
阿尔及尔
突尼斯城
多哈
迪拜
达卡
仰光
马尼拉
吉隆坡
曼谷
斯里兰卡
雅加达
马尔代夫
拉各斯
内罗毕
约翰内斯堡
珀斯

蒙特利尔
芝加哥
纽约
洛杉矶
亚特兰大
檀香山
达拉斯
休斯敦
迈阿密
圣保罗

PREFACE

【自 序】

美食，祈祷与飞行

有两本书，让学生时代的我产生了去飞行、去体验不同生活的念头。第一本是《托斯卡纳艳阳下》，该书讲述一位美国女教师在意大利托斯卡纳的乡村买了一栋古老的房屋。她从繁忙嘈杂的大都市中脱离，取而代之的是，为葡萄搭棚架，自制果酱，烘焙蛋糕，修葺房屋。她把烹饪趣事跃然于纸上，整理成食谱，甚至详细记录果蔬成熟的时节及摘选的方式。在漫长的盛夏午后，她在林荫下摆放木头桌子，铺上白色亚麻桌布，备上新鲜的桃子和刚从烤箱端出的曲奇饼，斟上一杯白葡萄酒，任凭阳光肆无忌惮地洒落，在宽大藤椅上微醺。第二本是《美食、祈祷与恋爱》，几乎成为我当时生活的信条。我喜爱这样的文字，羡慕这样的生活。祈祷自己有一天也能在意大利或法国的乡村，体验如此奢侈又简朴的生活。所谓奢侈，是因为获得这种生活需要付出代价与机会成本，需要足够的勇气和浪漫主义情怀去摒弃现有的圈子。所谓简朴，是因为彻底远离了都市生活中的物质欲望、跟风甚至攀比的消费观念。一切都回归到本真，回归到生命中最重要的事：感受生活的喜悦。

因此在环游世界的旅途中，“美食、祈祷与飞行”成为我生活中最重要的三件事情。我总是毫不马虎地享用着旅途中的当地美食，像恋爱一般地用自己的味蕾去感受，每一份美味的食物都宛若神赐。以前从未想象过自己可以行走这么远，从意大利到奥地利，从瑞士到匈牙利，从卢旺达到肯尼亚，从孟加拉国到斯里兰卡，从泰国到缅甸，从巴西到阿根廷。我不记得自己跨越了多少时差，不记得自己舟车劳顿的颠簸，不记得自己飞行了多少公里。我只记得在布达佩斯最美的皇宫咖啡馆吃过奶香浓郁的巧克力冰激凌，记得在吉伽利吃过鲜嫩的炸猪排，记得在曼谷闹市吃的呛到流眼泪的芥末虾仁沙拉，记得在米兰喝过的口感略涩的灰皮诺白葡萄酒，记得在西班牙吃的海鲜饭，在意大利街头吃的小份比萨，在英国吃的炸鱼和薯条……异域他乡的炊烟味，是独自行走在世间的珍贵礼物，是我心灵最好的慰藉。每一份食物的呈现，都包含了太多的感情，凝聚了制作者的心血，亦能够唤起品尝者对往事的追忆。我仍记得在缅甸仰光品尝的广式炒面，让我记起少年时代在家乡的街头巷尾随处可见的干炒河粉，那是广东特有的味道。我也记得在某年的元旦，恰逢在德国柏林，我找到一间中国餐厅，尽管价格昂贵，但是找回了祖国的舌尖滋味。在陌生的国度，我心中的感动难以言述。

我曾在位于美国亚特兰大的可口可乐世界工厂里参观，那仿佛是一个巨大的造梦工场，珍藏了可口可乐公司屹立于世界的秘密。其中有个展厅的主题是“Tell your story”（分享你的故事）。有许多游客认认真真地坐下来，在展厅内的平板电脑上敲打自己与可口可乐的故事。不同年龄、各种肤色的人们，在游览这样一个娱乐性颇强的展览馆时，却都愿意停下脚步，静下心来抒写自己感性的一面。

我突然想起在我成长的南方，夏天炎热至极。学生时代放暑假时我总蜷缩在家里上网，而奶奶总到附近的小卖部买一瓶可乐，然后慢慢爬很多阶梯，从家里一楼走到三楼我的房间，把可乐给我。她总说："好热啊，快喝这个解暑。"当时我还觉得哭笑不得，不明白她为什么要如此费劲，仅是为了给我买一瓶饮料。后来奶奶去世了，我也长大了，在为数不多的待在家的日子里，偶尔也会继续窝在房间里看书，这时总想起奶奶。奶奶用她的方式来表达对我的关心——担心我太热，担心我口渴。她与我的交流并不多，但她总将她的爱转换成一种问候、一种担忧，以此来向我表达。

我离家念书、出国工作，家中的老人总再三叮嘱我要照顾好身体，只因我自小体弱多病，成了他们的牵挂。甚至在奶奶抱病不起的最后几个月里，她神志清醒时与我通越洋电话，也不忘嘱咐我多增加营养、多强身健体。质朴简单的爱，我日后回忆起，时常热泪盈眶，知道自己是这般被深深地疼爱过。味蕾传递着沉默无言的爱和牵挂，常通过一杯饮品、一碟家乡菜来表达。长大后，我每次回家，妈妈都一定会给我煮酿豆腐，因为这是只有在家乡才能尝到的味道，鲜滑嫩白的豆腐里酿进香菇肉末，热腾腾地端上桌。还有深夜的西红柿荷包蛋煮面，那是世间最好的味道，全都来自妈妈的厨房。还有，刚到国外工作时，有回身体抱恙，同公寓的姐姐煮了一锅炖牛肉留给我，放在冰箱里等候着工作晚归的我，第一次在异国他乡感受到家的温暖。舌尖上的味蕾，已传达了生活中许多难以言明的深情。

食物是人最基本的生存需求，但也决定了人在本质上是谁，归属何地。食物是上天给我们的恩赐，是人与人之间沟通的纽带。而馈赠或者分享食物，则是最直接的亲密与信任。独自在国外生活的我，也不得不开始下厨，开始研究菜谱，也开始像我的母亲那样，将做好的菜品馈赠与他人分享。故乡有句话叫“孤食孤嚼，孤独终老”，表面字义便是要将好的食物分享予他人。这虽是风俗言语，却表现出人们对食物的看重。食物在人的关系纽带中，已经不仅仅是果腹之材，更是传送友爱的佳品。食物的意义，早已经渗透到生活中的方方面面，成为最讲究的哲学。

CONTENTS

【目 录】

Chapter II 又自在又美味 063

Chapter III 去比遥远更远的地方 131

WHIPLASH
TRASH
D.J. ALEXANDER
TO LET

Chapter 1
在永恒之城漫步

他们寂静地站在街头，

为世间千万过路人演奏一曲。

曲毕鞠躬感谢，

不诉离殇，

不言悲切。

永恒之城的惊叹

我的罗马假日始于Sheraton Rome（罗马喜来登酒店）。橙黄色的灯光洒满房间各个角落，高跟鞋走在木地板上发出清脆的响声。漂亮的落地窗外可以看到蓝色的泳池、青翠的草地以及露天的棉布沙发和宽厚木椅。墙壁上挂着三幅画，均是米开朗琪罗的作品。我换上纯白色的套裙，抹上香奈儿的粉色口红，换上舒适的平底鞋，出门寻觅我梦中的罗马假日。

我想起老电影《罗马假日》里面调皮叛逆的赫本公主与绅士派克在意大利罗马一天的短暂爱情。赫本飘逸的长裙，干练帅气的白色衬衣，清爽叛逆的短发，她坐在西班牙广场的阶梯上，舔着冰激凌，享受着人生中最美好最自在的时光和意想不到的爱情。而我的罗马假日，不求艳遇，但求谈一场视觉的恋爱，爱上眼前风景。

当我真正走在罗马街头，走在那一条条拥有千年历史的大街小巷中，走在一条条蜿蜒曲折的石板道路上，只觉一切宛如电影。走在街头巷尾，被一间间露天餐厅吸引。古朴的木头条纹桌被铺上了白色的餐桌布，摆上精致小巧的烛台和一束在玻璃瓶里舒展芳香的鲜花，倒置的高脚空酒杯仿佛也在召唤路人今朝有酒今朝醉。空中弥漫着食物香气以及女人们身上的香水味道，观光客爽朗的谈笑声与觥筹交错的声音交织混杂。意大利侍者穿着裁剪合身的西装，系着对称的蝴蝶结领带，带着一副要登台表演歌剧的骄傲神情，在门口迎候每一位用餐者。意大利人是自豪的，说话的声音中气十足，非常洪亮，语速飞快。我突然明白为什么意大利总是盛产歌剧了，因为这个民族总是那么饱满、激情、富有活力。

我就这样随意地走着，遇见马车霍霍地行驶而过，街头艺术家在演奏欢快的即兴手风琴，露天餐厅里正用餐的人们激昂地碰撞酒杯发出清脆声响。街角随处可见站立着拥吻的情侣，肆无忌惮地亲吻，仿佛把每一天都当成是世界末日来相爱，那么多的爱恋与钦慕需要宣泄，而与风景如画的罗马相配，是再好不过了。还有随处可见的穿着细高跟鞋骑着自行车的女士们，和衣着考究打着漂亮领带的男人们。在罗马，你甚至会怀疑往来的人们把自己最体面的衣服都穿出来了，以衬得起这庄严的千年古都，和来自全世界的游人们。

这些美好的感官领悟，于文字，于图片，都不足以表达。这是一种身临其境的体会，是生命的一种存在感，从你的视、听、味、触各个层次向你宣告："这是世界上最独一无二的城"。《美食、祈祷与恋爱》中女作家伊丽莎白在意大利的旅途，也正如此刻。一天的罗马假日，美好得似乎是夜空中璀璨炫目的烟火，尽管时间很短暂。这个古罗马帝国的发源地，欧洲文艺复兴的中心，无数的文学艺术作品用尽最优美动人的语言描绘它。而当我真的踏上这片土地的时候，才感觉到它果真浪漫之极，毫不辜负那些温柔的笔触。

我在西班牙广场附近的小巷子里的露天餐厅吃晚餐，惊喜地发现有街头艺术家在表演。起先是一支三人的简易乐队，一人拉手风琴，一人拉大提琴，一人吹口琴。欢快的节拍，配合餐桌上的美味食物，真是一种享受。过一会儿，又换成两位中年女子，

一人拉手风琴，一人唱歌。唱歌的那位女子有着非常宽广的音域，嗓音醇厚有力、高亢悠长、极具爆发力，其中唱的一首还是我最爱的法国名曲*La Vie En Rose*。晚餐后我沿着石板路一路闲逛，看着路边热闹的香味四溢的餐馆，看着形色兴奋的游客匆匆而过，看着橘色灯光下的罗马古城，一切都被蒙上一层感性的色彩。

路过了夜晚依旧人头攒动的特莱维喷泉，许多人虔诚地背对着许愿池扔下硬币。偶尔夜凉如水，轻起微风，抚摸着游人寂寞而又浮躁的心情。我渐渐地远离了举世闻名的风景，随意地往一个不知名的小广场走去。这时我便听到了一段凄美又略带庄严的小提琴奏乐，只见演奏的那位女子身着净素的白色长裙，盘着优雅的法式发髻，在清风中宛如一枝出淤泥而不染的莲，随着奏乐微微地摇曳。她完全沉浸在自己的音乐世界中，忘情地演奏，目光仅仅聚焦在她肩上的小提琴，仿佛是她那容貌倾城的恋人。我明白那是对音乐的自我陶醉与喜爱，容不得第三方的插足与评论。周围游人静静地听她奏完这一曲，待至曲毕，才恭敬地鼓掌。

永恒的艺术之城，先人在这座城留下了伟大的不可磨灭的艺术，那是一千年一万年不容改变的遗迹。而更鲜活的艺术则活在当下，便是这些无名的街头艺术家们。他们寂静寥落地站在街头，为世间千万过路人演奏一曲。不矫情不做作，曲毕鞠躬感谢，不诉离殇，不言悲切。纯粹的艺术，和取悦与祈求是没有任何关系的。

因为艺术在这里，用钱买不到。

众神之所

Pantheon（万神庙），“Pan”泛指全部，“theon”即神的意思，意为诸神之殿堂，原本膜拜的是神话中奥林匹斯山的诸神。万神庙几经沧桑，被焚毁后又重建，遭拜占庭皇帝掠夺后又改为教堂献给罗马教皇，自此更名为圣母与殉难者教堂而得以幸存。如今作为罗马古城地标之一的万神庙，游人如织。各种肤色的游人都忍不住在神庙前方的广场前驻足惊叹，被它那雄伟华丽的巨石门廊所吸引。

我顺随着排成长队的人群慢慢走近这所古罗马遗留的伟大庙宇，小心翼翼地怀着虔诚的心情顶礼膜拜。进入圆殿后抬头观望，不禁被罗马人高超的建筑工艺所折服。巨大的穹顶象征着宇宙，它的中央开设了一个大圆洞，是整个神庙的唯一采光点。柔和的阳光从天宇般的穹顶照射进来，如同神赐，给人一种静谧的、震撼人心的力量。而大殿内的石雕也仿佛在光线的折射下而

显得生动，血脉偾张得如同被赋予生命。被阳光照耀着的祭台，也变得更加神圣不可侵犯。扎根大地的神庙，沐浴着来自天空的阳光，两种不同的能量得到了完美的协调。主殿空旷大气，大厅内有纷繁复杂的雕刻和美轮美奂的壁画，大多数都是歌颂圣经故事和天主教的神圣伟大，如耶稣圣诞、圣母领报等主题。而在这些庄严的祭台下则安葬着许多伟人，拉斐尔和卡拉齐均安眠于此。

走出万神庙，穿过几条小巷，便来到传说中全罗马最美的广场——Piazza Navona（纳沃纳广场）。著名的巴洛克之父贝尔尼尼受到教皇的邀请，修建了广场中心的四河喷泉。天才的贝尔尼尼用四尊大理石人体雕塑隐喻为非洲的尼罗河、亚洲的恒河、欧洲的多瑙河和美洲的拉普拉塔河这四条河流。而四尊石像均围绕着正中央天主教式的擎天尖塔，暗示着天主教将在四大洲获得统领地位。贝尔尼尼终生都在为罗马教皇工作，因此罗马城也遍布着这位天才艺术家宣传天主教教义的杰作。现在很多街头画家在广场上出售他们未出名的画作，也有许多杂耍艺人、行为艺术家现场表演。广场周边咖啡馆、餐馆林立，洋溢着欢快的气息。我捧着卡布奇诺，晒着意大利早春恬淡的阳光，慢慢穿梭在广场中各种各样的油画中，好似迷失在电影《雏菊》里的阿姆斯特丹街头。

当然，比四河喷泉更吸引人的，是Fontana di Trevi（特莱维喷泉）。花费了30年才建造好的特莱维喷泉气势磅礴，融汇了建筑师尼科拉·萨尔维和雕刻家伯拉齐的智慧与激情。喷泉以罗马古神话海神战胜归来为主题，在大气恢宏的海神宫和代表着四季的四位少女雕塑的背景前，桀骜不驯的海神脚踏着两匹被人鱼牵引着的骏马，加上周围飞溅的喷泉水花，似乎高傲无比的神真的驾驶着海浪向我们飞腾而至。这一点和东汉的马踏飞燕青铜像有异曲同工之妙。杰出的艺术作品各有各的独特，但却又有着同样天马行空的创意。来自世界各地的观光客，兴奋地背对着喷泉，用右手从肩膀上方向池中扔硬币，祈祷这辈子会再度与永恒之城重逢。这座全罗马城最后的巴洛克建筑充分地彰显了教会的权势与富足，然而若干年后，人们在意的并不是当时丰功伟业的教皇，而是当自己虔诚地向它许愿时，在硬币抛向空中的那一刹那突然聆听了内心的声音，感悟到自己真正渴求什么。在旅途中，自己与内心深处的灵魂真实对话，与内心的“神”共存，这不正是旅行最大的收获之一吗？

欣赏完许愿池后，太阳已经下山了。罗马的傍晚，适合做的事情有很多：可以在圣保罗大殿的穹顶俯瞰暮色中的罗马全城；

可以在晚霞下的古罗马斗兽场感受历史的变迁；也可以随意地在街边找个露天餐厅，听着街头艺术家弹奏民谣。

但是我想起了赫本公主和绅士派克在电影《罗马假日》中相约在西班牙广场，清丽可人的赫本剪了孩子气的短发，坐在阶梯上等着她的黑骑士出现，她穿着白色衬衣开朗大笑的样子足以和罗马的风景媲美。所以我也跟风，坐在夕阳下的西班牙阶梯，一只手托着下巴发呆，一只手拿着刚刚买的三色冰激凌，感受着美好得如同被上帝亲吻过的意大利时刻。不知道罗马的冰激凌是不是因为奥黛丽·赫本而风靡全球的，但是坐在西班牙阶梯上吃冰激凌似乎已经成了每个来到罗马的人的指定动作，不可或缺。我身边坐着一群正在大声谈笑的欧洲女孩，初中生的模样，穿着超短裤和马丁靴，长了雀斑的稚嫩的脸被温暖的斜阳照得红扑扑

的。而坐在我的正前方有一对白人情侣，耳鬓厮磨地低声私语，时而响亮地亲吻。她穿着深海蓝色的丝绒及膝裙，扎起发髻露出光洁的脖子。我无所事事地打量着身边的人，感受着和陌生人融合在同一时空的喜悦。不同背景、不同国籍、不同性格的人们，在同一个地点短暂地聚集，之后快速散去，如同一切从未发生过。

时间、历史和生活不正是如此吗？在时间的冲刷下，历史和生活中的琐碎事件犹如潮水般褪去，恢复平静。人们可能不会轻易记得恺撒大帝的丰功伟绩，不记得教皇的权力鼎盛，但或许人们不会忘记在罗马，自己双眼所见的叹为观止的美景，不会忘记自己用双脚丈量这个千年不变的众神之所。因为美的感悟不会褪色，因为记忆捕捉的美是神的恩赐，是生活赋予我们的、让我们今后感恩向上的礼物。

被神的手指点过

徒步从威尼斯广场开始走，经过了四河喷泉，经过了圣天使桥，看到十二尊形态俊美的舞动着翅膀的天使们。它们伫立在台伯河畔，迎接着世人进入起初作为陵墓的圣天使城堡和伟大的梵蒂冈。在城堡的左手边，一直往前走，便到了一个有着肃穆中轴线的大广场，那便是由巴洛克之父贝尔尼尼设计的圣彼得大广场了。广场中央有漂亮的喷泉和尖塔，就如欧洲所有的美丽广场一样，有许多不怕生人的鸽子闲庭信步，也有很多游人排队等着进大教堂和梵蒂冈博物馆。

梵蒂冈博物馆，可与巴黎卢浮宫、俄罗斯冬宫、大英博物馆相媲美。它集聚了无数名家大作，有数不尽的壁画、雕塑、油画、挂毯在描述着《圣经》上的故事，上帝、耶稣、圣母、十二使徒、先知……各种天主教徒心中神圣不可侵犯的英雄们都灵活地出现在你的眼前，或镶嵌在橱窗中，或萦绕在天花板上，或展

现在门廊上，或化身为健壮的大理石雕塑。总之，你眼所触及之地，都如同史诗巨著。

无穷无尽的精美绝伦的壁画，布满了梵蒂冈博物馆的穹顶，人们仰着头吃力地看着。所有的人都被天主教所描绘的丰功伟绩和奇幻世界所吸引，被这个作为全世界天主教中心的国家所折服。这里陈列着历代教皇珍藏和喜爱的艺术品，还包括米开朗琪罗、拉斐尔这样当今名盛四方的艺术家们为教会创作的不朽之作。于是天才们的梦想、激情、心血和光阴，全部都变成了一幅幅壁画、一件件雕塑和一幢幢展厅。千百年后，人们仍然从世界各地跋山涉水地赶来，只为一睹这些天才们的遗作。

走过盔甲庭院和恺撒馆，沿着长长的似乎没有尽头的画廊一直走，便到了西斯廷教堂。这个附属在圣保罗大殿旁边的小礼拜堂，原本只用来举行新任教皇的选举典礼，并且是教皇御用的祈祷之处。而它之所以成为举世闻名的西斯廷教堂，并不是因为教皇的丰功伟绩，而是因为米开朗琪罗所绘制的天顶画《创世纪》和大壁画《末日审判》。慕名而来的人们需要按照顺序逛完整个巨大的博物馆和同样享誉盛名的拉斐尔画室之后，才能沿着窄小的石梯，抵达圣地。

尽管之前我已经在各种书籍上看过关于米开朗琪罗的这两幅作品的解释与评论，但是当我真正踏入西斯廷教堂时，那一种震撼是从身体表层渗透到内心的，我甚至感觉到我身上的每一处汗毛都快要竖立起来了。我仰着头观望，天顶上分布了近三百五十个《圣经·创世纪》里面的人物，每一个人物都如同白玉石雕像一样，显示着裸露的肌肉以及紧绷着的好像马上就要迸发出的如同火山岩浆般的力量。

在教堂里面有西装革履的工作人员不停地用严肃低沉的声音重复：不许拍照不许录像，保持肃静。桀骜不驯的米开朗琪罗，原本是最不屑于绘画的，他执迷于雕塑，甚至认为只有在白石中的雕刻才能够表达艺术家的灵魂。但是他却受到了竞争对手的陷害，被教皇尤利乌斯二世征召到礼拜堂画画，傲气的他曾经意气用事地逃回佛罗伦萨，但最终还是屈服了。于是这位充满悲情色彩的天才登上西斯廷教堂高达10米的台架开始画穹顶，从此一画就是5年。性情乖戾易怒的米开朗琪罗解雇了所有的助手，独自一人完成了500多平方米的壁画及装饰。5年，每一天都蜷着背，仰卧着，他的眼睛开始模糊不清，他的背也驼成弓字。我慢慢地挪动脚步，感受着这位天才背水一战的万丈豪情。

我看到了那幅被影印成各种明信片、艺术类书籍插图和宣传画册的《神创亚当》，俊美健硕的亚当自然地半侧躺卧着，手臂伸向从天际飘来的上帝。而衣襟飘浮的上帝也同样伸出手，用指尖轻轻触碰亚当的手指，将神明的智慧和生命的火花传续给亚当。米开朗琪罗用了超脱尘世的手法来表达神授予人类生命、灵魂和睿智。在穹顶画完成的20年后，米开朗琪罗再次受到征召，重回西斯廷绘制祭坛画《末日审判》，描绘世界末日时上帝出现，将世间死者复生并对他们进行裁决，分为永生者和打入地狱者。画面分为天使群像、上帝所在的天堂、被拖入地狱的人群和地狱四个部分。米开朗琪罗绘制这幅画历时6年，画面呈现严峻、冷酷的氛围，颜色由天蓝色渐渐过渡到褐色，人物大多数显示出历经沧桑的疲累，而在地狱那一部分，剥皮的鬼魂、受到鞭打而惊恐的亡灵让画面显得更加凄怆。

穹顶和祭坛的人物大多数都采用裸体的形式展现，体格健美的人物，把古典美学中人类的激情和生命力发挥得淋漓尽致。在米开朗琪罗的画里，没有多余的风景装饰，没有雕梁画栋的宫殿作背景，没有雍容华贵的衣裙作人物衬托，有的只是《圣经》里的神以及神创造的天与地。估计是所有的人都被这种人文主义式的宗教题材巨作所震撼了，尽管西斯廷教堂是不允许拍照的，但还是有很多人忍不住拿出手机慌张地偷拍。也有很多人干脆就坐在教堂的地板上，依靠着墙壁，望着穹顶发呆。

我想，也只有像米开朗琪罗这样精通于雕塑的艺术家，才能够完成如此独特的恢宏巨作。他生命里的苦恼和坎坷，全部汇聚在这里，也或许正是这些不得志，促使他的作品总是充满着悲情，将心中至高无上的人文精神汇注到作品中，从教条的枷锁之中释放出来。

从西斯廷教堂出来，不知道有多少人跟我一样意犹未尽地想要再重游一遍。侧门下了楼梯后到了圣保罗广场，依旧有许多人排着长龙般的队伍想要进去一睹名家风采。而我也感觉自己像是被神的手指点过，充满了力量和对生命的感悟。

来自爱丁堡的风

提起苏格兰，我恐怕首先是要忆起电影《勇敢的心》中铁血奋战的英雄，其次是悠扬悲怆的苏格兰长笛乐曲，还有春日时漫山遍野的翠绿和寒冬时冰天雪地的素雅。又或者，是我们所熟悉的苏格兰格子短裙和柔软舒适的羊毛围巾。当然，还少不了闻名于世的威士忌。爱丁堡是苏格兰的首府，贴在它身上的标签有许多，不同的人因他的不同特点而仰慕它，而我又会被它的何种风情给征服呢？

和半年未见的朋友，在初秋时节同游爱丁堡。我们乘坐双层巴士到爱丁堡旧城区，这里被联合国教科文组织列为世界遗产。

四处大多是维多利亚式建筑和新古典主义式建筑，端庄典雅。放眼望去，整座城市都笼罩在一片黛色之中。青黛色的石砖砌成了房屋外墙与道路，奠定了整座城的主色调，正如苏格兰人坚韧不拔的品格，并不以华丽外表喧嚣示众，却始终都保持着一份祖上传承的傲骨。苏格兰王国在历史长河中享有800多年的寿命，最终与英格兰合并，但直至2014年，苏格兰仍提出脱离联合王国的请求。它的倔强，由此可见一斑。

爱丁堡城堡是爱丁堡甚至是整个苏格兰历史上的重要遗迹，数代王室曾在此生活，战争的硝烟曾在此弥漫。古堡至今仍然陈列着象征苏格兰王国王权的王冠、权杖和宝剑。爱丁堡城堡也是兵家必争之地，在独立战争中，一直被苏格兰和英格兰争相抢夺，曾多次易主，权谋、阴险与浴血厮杀都在这里上演过。这里还曾作为军事基地，并且建立了专门关押监禁战俘的监狱。城堡屹立在城市顶端，全城景致尽收眼底。古典肃穆的城堡不仅成了旅游胜地，甚至成为婚礼举办的绝佳场所。

游览当天，我们有幸碰见正举办婚礼的一对新人。新娘穿着简单的白色短裙，戴着精巧的头纱，手捧着洁白的花束。新郎则穿着苏格兰传统的格子裙，两人情意绵绵、笑靥如花，举手投足皆是道不尽的爱意。他们大概是刚在城堡的小教堂中举行完简单的宣誓仪式，便在城堡外拍照留念。随同的也只有双方的父母以及兄妹，大概只有五六人，大家都穿着正式的礼服，穿戴讲究，众星拱月般地拥簇着这对新人。这婚礼，居然也可以简洁到如此地步，与最爱、至亲漫步于城堡前，享受着爱丁堡难得一见的风和日丽的恬静景致，被一群来自世界各地的新奇游客献上陌生但却诚挚的祝福。简单温馨的婚礼，褪去了繁文缛节，只保留了最核心的仪式感，便像平日里的一次家庭聚会那样让人身心舒坦。

从城堡出来后，到山下的餐馆用餐。除了著名的“炸鱼与土豆条”外，一种名叫“哈吉斯”的苏格兰国菜也是我们不愿错过品尝的“佳肴”。凡是第一次吃哈吉斯的人，均会被它独特、厚重的膻味所吓到。我的朋友也不例外，她皱着眉头憋着气地吞食她因好奇心驱使而点的哈吉斯。这个哈吉斯，是在被掏空的羊胃里塞入剁碎的心肝肺等内脏，加上各种调料水煮而成。吃完之后，油腻与膻味，就像夏季里讨厌的的蚊子一样，紧紧跟随着我们，甩不开，躲不掉。喜爱它的人不少，憎恨它的人更多。苏格兰伟大的诗人罗伯特·彭斯曾创作过一首《致哈吉斯》，苏格兰人至今仍会在特定的日子里纪念罗伯特·彭斯，并在当天朗诵完他的诗歌后配上土豆泥以及上好的威士忌，慢慢享用哈吉斯。

在路上我们邂逅了吹风笛的男子。他穿着苏格兰长裙，戴着夸张的帽子，站在逐渐寒凉的风中吹着让人有些忧伤心碎的风笛。风笛声很悠扬，很哀伤，如泣如诉，似乎在抱怨着什么。

而爱丁堡特有的复古双层鬼魂巴士，专门为游客提供特殊的鬼魂之旅，讲述着在爱丁堡因巫术、酷刑和陷害而逝去的不安的灵魂，解密那些阴暗的街道、荒无人烟的

THE GHOST BUS TOURS

The Elephant House
"Birthplace" of Harry Potter
魔法咖啡馆
www.elephanthouse.biz

Elephant House
Writers & Reviews
Rowling's recipe for success
This is JK signing off
Elephants pay price as ivory trade thrives
Inside look at the beginnings of life

古堡、被诅咒的地窖以及闹鬼的古墓。风很狂烈地吹着，粗暴地撞击着我们的身体，我们用刚买的苏格兰羊绒围巾裹紧了身体，逆着风，转个角，便到了久仰大名的大象咖啡馆。当J. K. 罗琳还过着极为拮据的单亲妈妈的日子时，她就是在这大象咖啡馆里，开始书写她心中的哈利·波特。现在大象咖啡馆已经成了全世界哈利·波特书迷的朝圣地点之一，咖啡馆内也张贴和陈列了许多J. K. 罗琳的照片、手稿以及一些新闻报道。不知道当年，她是不是穿着洗得有些皱巴巴的灰色毛衣，带着一副因生活压力和照顾孩子而显得稍微有些颓废的神情，点上一杯饮品，便开始窝在沙发上写作呢？据说她为了方便照顾孩子，常推着婴儿车到这咖啡馆中，为了不打扰其他人，母女常蜷缩在最里面的一个角落。

我看到用玻璃橱窗陈列起来的她的照片：一头卷发，苍白的脸看起来有些单薄无力，但眼神却是极为坚韧。照片中的桌子上放着一叠零散的文稿，她手中握着笔，专注地伏案写作。我想，还好这个咖啡馆给她一处可以暂时搁下繁杂思绪的清静之地，让她可以短暂地逃离简陋没有暖气的破败公寓、失败的婚姻、靠政府救济的生活以及甚至曾让她尝试自杀的忧郁症，让她能在一个散发着可可香气的公共场所中，伪装成一个看起来与他人无异的女子。我们熟知的那个瘦弱单薄的、戴着厚厚眼镜的男孩以及他跌宕起伏的魔幻奇遇，就这样在这个弥漫着手磨咖啡豆香气及糕点甜味的咖啡馆中诞生了。

从咖啡馆走出来，我们迎着那猖獗的风，想象着那些鬼魅的影子是不是从我们面前掠过，又飘向爱丁堡那深沉的黛色中去了。

维也纳盛宴

11月的维也纳显得异常的阴冷，但浅灰色的天空并未使音乐之都的魅力黯然失色。维也纳总是和音乐有着不解之缘，许多永载史册的音乐大师，如海顿、莫扎特、贝多芬、舒伯特、约翰·施特劳斯父子都曾在此度过多年音乐生涯，这些岁月成为了维也纳最骄傲的财富之一。在遍布巴洛克式和哥特式漂亮房屋的老城区，有许多商店兜售着各种各样的关于莫扎特的纪念品。莫扎特的肖像被印在不计其数的明信片、纪念T恤和巧克力的包装纸上。在市区最著名的斯特凡教堂附近还有人打扮成莫扎特的样子，穿着枣红色绣花礼服和高领波浪式花纹白衬衫，戴着灰白的羊皮假发，向往来路人派发莫扎特演奏乐团最新的演出传单。

当年生活困顿潦倒的莫扎特，应该不会预想到几百年后自己竟然变成维也纳最显赫的一张城市名片。工匠按照他的肖像铸造了雄伟的铜像，意气风发地伫立在城市的公园中。生前窘迫、处处受到排挤的他，如今像伟人一样受到全世界古典音乐爱好者的虔诚供奉。这位6岁便谱出三首舞曲、11岁便创作出歌剧的天才，在年幼时便拥有了鲜花、掌声以及众人的追捧。名誉就像纷至沓来的蝴蝶，围绕着骄傲自负的莫扎特翩翩起舞。

在当时，音乐主要还是供教皇以及上流贵族消遣的娱乐方式，音乐的题材也总是被封建伦理以及教会的条条框框所限制。莫扎特离经叛道的性格不被他的新雇主亲王大主教所喜欢，因此处处受到刁难与侮辱。不羁的莫扎特决定不再屈服于教宗权威，毅然与大主教决裂，来到了维也纳，成为了自由作曲家。

莫扎特每天辛勤地工作，创作了《后宫诱逃》和《费加罗的婚礼》等歌剧和其他许多作品，但是没有雇主的他，没有固定的经济来源，日渐债台高筑，35岁因疾病缠身而英年早逝，留下未完成的《安魂曲》，被草率地埋葬在维也纳郊区的公墓。尽管现实生活千疮百孔，但他没有

让混乱不如意的生活去打扰他的音乐世界。他的音乐里总是充满了百灵鸟歌唱般的纯净与灵动，如同多瑙河潺潺流动，如同最贴近天堂的颂歌。我仿佛可以从他的音乐里想象到奢华宫殿里夜夜笙歌的盛景，精美的银质杯盘里摆放着人间佳肴，舞会上穿着天鹅绒和丝绸裙的女人们……莫扎特的创作世界里没有过多的激昂与愤慨，只有优美的咏叹调，只有女高音悠长的和声。

如果上帝会歌唱，是不是如同莫扎特所谱乐曲的旋律那般？

我记得老电影《肖申克的救赎》里，男主角在监狱里冒着被重罚的危险，偷听《费加罗的婚礼》。从这个情节的设计，大概可以知道，莫扎特的音乐是何等重要。

在这阴天的维也纳，我在公园里闲逛，一边吃着已成为奥地利畅销全球的特产“莫扎特巧克力”，一边把耳机里的钢琴协奏曲调至最大声，还有比沉浸在他的音乐中更好的缅怀方式吗？

晚上我和友人匆匆赶到维也纳音乐协会大楼，准备到金色大厅去体验一场终生难忘的音乐会。金色大厅是维也纳音乐协会大楼中众多演奏厅的其中一个，因为其金碧辉煌的装饰和精彩绝伦的音响效果而闻名世界。中国人对其应该都不陌生，因为在国内的主流媒体中经常可以听到这四个字，而假如有哪位国内歌唱家能够在此登台演出，则被视为荣耀万分，也一定会被媒体争相报道。

当晚的演奏乐团是来自美国的克利夫兰管弦乐团，演奏曲目是贝多芬的《第五交响曲》和俄罗斯作曲家肖斯塔科维奇的《第十交响曲》。演奏会晚上七点三十分开始，但不到六点已经有很多人在音乐协会大楼门前排队等候。大多数人都盛装出席，女士们妆容精致，身着布料上乘、裁剪合身的晚礼服。又因深冬维也纳的寒冷，优美的妇人们总习惯身披貂皮大衣，映衬着得体的珠宝配饰，踩着细高跟鞋，在寒风凛冽的夜晚耐心排队。与这些显得格格不入的，是我的牛仔裤和羽绒服。其实到金色大厅听演奏并没有严格的服装规定，但是优待自己的维也纳人，用他们最得体的一面馈赠予音乐。

由于我们没有提前预订，坐票早已售完，幸运的是我们仍然能够进场，只不过需要在大厅尾端的小站台上站着聆听。这种站票，只需要6欧元，相当于50块钱人民币，在深圳只能够买到两个盒饭，而在维也纳却能够听一场交响乐。维也纳是很宽容的，起码它没有在价格上过多地限制人们的喜爱。物质并没有粉碎人们追求美好的权利，而是最大程度地考虑到了每一个人。无论贫穷与富裕，你都可以平等地欣赏到音乐作品。毕竟，音乐在当代，不再是贵族的特权。

演奏开始，原本有些喧闹的音乐厅立刻万籁俱寂，似乎所有人都屏住呼吸，生怕发出一丁点儿的声音。所有人都被贝多芬气势磅礴的《命运交响曲》所震撼，直到最后一刻演奏完毕，才爆发出雷鸣般的掌声。我完全沉醉在辽阔壮丽的音乐世界里，乐曲中刚开始的惊惶不安，紧跟着的激烈昂扬、奋力前行；而后夹杂着悲伤怅惘；最后以排山倒海的光明与辉煌，战胜了凶险逼人的劫难。

我仿佛感受到了一个饱受命运折磨的灵魂，刚毅自信地与命运抗争。这是贝多芬留给后世的盛宴，也是克利夫兰管弦乐团为我呈现的盛宴，更是维也纳永不落幕的盛宴。

与安徒生握手，和高迪共奏巴塞狂想曲

有时，一座城会因一位伟人而更加生动与可爱，甚至名扬天下，就像西班牙的巴塞罗那和丹麦的哥本哈根。这两个城市在我心中都如同童话故事中的天堂。

在巴塞罗那，遍布鬼才建筑师安东尼·高迪设计的造型奇特、令人过目难忘的建筑作品。那神奇的糖果般形状的圭尔公

园，好似贴上恐龙彩色鳞片的巴洛特之家，那远看酷似巨大树洞的圣家堂，还有外墙不规则得像水波流动般的米拉之家，都成了巴塞罗那最重要的地标建筑。安东尼·高迪为巴塞罗那贡献了总共7处被列入世界遗产的建筑作品，其中包括了建造逾百年仍未完工的圣家堂。高迪在我心中就是一个顽固不化的天才，他的专注，他的才能，都让人深深着迷。

而哥本哈根，是北欧丹麦的首都。我对它最主要的认知是：这里是童话大王安徒生的居住地。尽管安徒生一直都在用小语种写作，但他的作品却被后世译成150多种语言，其中像家喻户晓的《美人鱼》《卖火柴的小女孩》《丑小鸭》，被印刷成了故事书，成为全世界小朋友童年时睡前最爱聆听的故事；或是被选录进教科书，被赋予了各种励志的解读和鼓舞人心的寓意。

安徒生的作品还被改编成动画片，搬上了电影银屏，住进了迪士尼乐园，设计成了各种材质的玩偶。他的作品所带来的巨大价值，不管是开发的商业价值还是孩童时代的精神慰藉，都无法估量。安徒生为哥本哈根所带来的名声与荣耀，使得他的雕像驻立于繁华的哥本哈根市政厅广场旁边。许多人不远万里而来，就是为了来亲眼看看这个伟大的、为我们童年带来如此多欢笑的人所生活过的城市，来到他的青铜雕像前，握一握他那写过无数动人童话的手。雕像凝固了这位精灵国王的姿势，他身着长礼服，系着蝴蝶结，戴着长筒帽，左手拄着一根拐杖，右手拿着一本刚合上的书，他侧过头，凝望着一街之隔的孩童玩耍的乐园——蒂芙力游乐场（Tivoli）。我也漂洋过海地来到哥本哈根，来到这座铜像面前，握了握他的手。他赐予了童年的我们许多天马行空

的故事，直到我们长大后仍然念念不忘，那是我们年幼时便熟知的故事，也在无形之中给不谙世事的我们塑造了价值观的雏形。我看到在市政厅广场旁，许多来自世界各地的游客都像我一样，兴奋得像个小孩，忐忑不安地上前与这位伟大的作家握一握手。

然而这个会讲故事的男人，生活也并不是那么如意。他生于鞋匠家庭，当过裁缝的学徒、香烟厂的工人，他梦想着当一名歌唱家，但是却处处碰壁，最终理想破灭。安徒生逝世以后，评论家、媒体费尽心思地挖掘他的个人生活，将其私人日记、回忆录曝光于公众眼前。以至今时今日，不少人将安徒生定义为：忧郁、受社会冷眼、遭受性挫折的古怪作家。但在我心中，安徒生始终是内心细腻且善良的，是孩童时代最好的精神导师。他为我们留下的，又岂仅是遭受同伴冷嘲热讽的沮丧的丑小鸭？尽管安

徒生写的故事里总是透露着悲剧与讽刺色彩，但却总能够在绝望中感受到故事人物不屈不挠的坚韧。我在他的作品中看到了大无畏的精神，看到了一种牺牲与无奈，一种悲情的英雄主义。

一生未曾感受过灵肉之欢的安徒生，作品中不乏悲惋的爱情题材。为了爱而牺牲化为海洋上一缕泡沫的美人鱼，为了爱而跳入熔炉最终与爱人化为一体的锡兵，安徒生所描述的，是他纯洁忠贞的精神世界，受不得一点点俗世的染指。他慷慨地为全世界的儿童带来了童年时代最美好的礼物：那就是无边无际、天马行空的想象力，和幼小心灵对真善美的初步评判。不谙世事的孩童读安徒生的作品，于是年幼的生命对爱情开始有纯真的向往，知道了爱情就是锡兵历尽千辛万苦重回心爱的舞蹈家纸片人身边，

是最终无所畏惧地与其融为一体的奉献。对成功，也有了最单纯的理解，就像是丑小鸭那样，默默地努力最终冲上蓝天。对勇敢与真诚，也有了最清晰的解释，就像那个无所畏惧的小孩，敢于“揭穿国王的新衣”。他的作品，在无形之中，成为我们记忆中的一部分，成为我们生命中的一部分。

不知为何，总是将巴塞罗那与哥本哈根联想在一起。它们在我心中，都因其哺育的伟大人物而被烙上特殊印记。高迪和安徒生一样，都是奇男子，都与世俗观念中的功成名就有极大的落差。高迪年幼多病、生性孤僻，衣着朴素、生活简单、终身未娶。他是一个才华横溢的幻想家，尽管在现实生活中常常落落寡欢，但他心底住着个柔软、博爱的精灵。他无比崇敬造物者——大自然的鬼斧神工，因此他的作品中总是效仿大自然，或者融入和大自然相吻合的元素。他的建筑作品摒弃机械刻板的直线，呈现出的总是温润灵动的圆弧曲线。他的天赋异禀的现代主义风格，让建筑突破了传统观念的局限，笼罩了魔幻的色彩。因高迪的建筑而闻名的巴塞罗那，也成了这个“古怪”建筑师的最佳名片。

在去到巴塞罗那之前，我从来不知道建筑原来可以像精灵般有生机与活力。高迪的作品，是世界上独一无二的，绝无仅有的。融合了“山脉、洞穴、动植物”等众多自然元素的圣家堂，建造了130余年至今仍未完工。高迪一生中一半以上的时间都在致力研究与设计圣家堂，他甚至在他72岁高龄时直接搬到圣家堂的工地里居住。一年后的夏天，他在圣家堂下班后，前往市区的教堂做礼拜，被电车撞倒而逝世。圣家堂分东、西、南三个立面，以基督诞生、受难及复活为主题，其中高迪完成了教堂的“诞生立面”与圣坛，并且留下“受难立面”的图稿。圣家堂的鬼斧神工，甚至让人忘记了它是建筑的本质，让人简直不敢相信它是人为的杰作。圣家堂的诞生立面和地下圣坛，与高迪其他6个位于巴塞罗那的建筑作品，被列为联合国世界遗产。

当然，高迪给巴塞罗那带来的，不仅仅是7处世界遗产。安徒生给哥本哈根带来的，又岂仅是一代文豪居住地的荣誉？他们的生活，早已渗透在这城市中。英雄的生命早已落幕，但关于他们的传说、轶事永远在流传。这些落寞的，至少在传统的世俗观念中被定义为“落寞”的传奇人物，都有着那么多的相似之处，仿佛他们的敏感与忧伤，是伴随着他们与生俱来的才华而永恒存在的。也正是因为那些不完美，那些无法规避的缺憾，让这被后人津津乐道的人物变得更加生动，更加真实。也正因如此，才有许许多多的旅人跋山涉水，来到安徒生的铜像前。而他的目光，是那样温柔地落在了一街之隔的游乐园。我想，建这尊铜像的人一定异常地懂这个有点落寞且不合群的男人，让他在人群之外静静地，注视着欢呼雀跃的人们。也正因为如此，当成千上万的人来到巴塞罗那时，才会更加想要目睹高迪这个桀骜不驯的天才所倾注的血与泪，感受奇形怪状的建筑背后隐藏着的天马行空的创作自由。

他们的生命，就是献给世人最好的礼物。

我的布达佩斯之恋

河流使城市伟大。

布达佩斯这座古老的城如同它的名字一样动人。多情的多瑙河横跨，将城市分为布达与佩斯两区。布达佩斯的美，有别于巴塞罗那和罗马。这个奔放豪爽的游牧民族和这个古老淳朴的城市，会让你忍不住想停下旅途匆忙的脚步，和这古城好好谈一场恋爱。多瑙河两畔的城堡伫立在连绵起伏的山丘上、叮叮咚咚的电车飞驰而过、唯美华丽的巴洛克建筑和皮肤白皙的匈牙利年轻男女，这是只能在布达佩斯欣赏到的独特风景，让人由不住地想象当年奥匈帝国的盛景。布达佩斯也带有一丝丝忧郁的文艺气息，或许和过去动荡曲折的历史以及被屠杀的犹太人有关系吧！历史的风尘已将一切伤痛吹远，现在的布达佩斯就像一片宁静得丝毫不被大千世界打扰的净土，一切看起来都很美好。街道上咖啡馆林立，餐厅里飘出的咖啡和牛肉汤的香味很诱人，路过的漂亮匈牙利人总让人忍不住多看几眼，老旧的房子让人感觉像是来到哈利·波特的魔法世界。布达佩斯的美是独一无二的。它的古老与风情万种，它的沧桑与千娇百媚，都与孕育它的多瑙河有着千丝万缕的联系。

布达佩斯的旅游业非常发达，老城区随处可见有观光巴士在招徕游客，在多瑙河畔也繁荣发展了游船业。因此懒人如我，

在完全没做任何游览攻略的情况下，随意在路边报名参加了Big Bus观光巴士与游船行程，不需要拿着大大的地图，仔细地从密密麻麻的文字中询问路途。巴士从英雄广场启程，路线贯穿整个老城区，途经伊丽莎白桥，驶向多瑙河对岸的盖特勒丘陵，经过布达皇宫，再到渔人堡，最后从链子桥回到市区。城市保留了19世纪的模样，又融合了哥特、文艺复兴、巴洛克的建筑风格，有点德国、土耳其、法国和奥地利的影子，众多的特色混合融汇，以至于它独一无二，它的街道也常在电影中伪装成其他城市出现在大银幕上。布达佩斯最让人惊叹的地方之一，是老城区里那些看似普通却让人眼前一亮的建筑。美轮美奂的雕塑，出现在我视线所及的任意角落。不管是普通的民用住宅，还是富丽堂皇的教堂、广场，它的阳台、窗边、石柱、墙面、门环、屋檐……房屋外表的任何地方，都有可能出现俏皮可爱的天使，或奇形怪状的神兽，或圣经与神话中的人物故事。整座城市像是艺术博览，将千年的文化积淀用建筑表达出来。我坐在双层巴士的顶层，感受着匈牙利8月热辣辣的阳光，激动地想要将一切美景刻录成我的独家记忆。

在多瑙河流经布达佩斯的两岸，有许多桥梁，其中最为著名的非链子桥莫属。它是在布达佩斯横跨多瑙河的第一座桥梁，由因河面结冰而无法渡河去见病危父亲的伯爵赛切尼筹资兴建，由英国设计师设计，历时十年而建造的第一座连接布达与佩斯两地的桥梁。雄伟的石狮雕像伫立守护在桥两端，巨大的链锁与庄严神圣的石门连成优美的弧形。让人难免有些感慨的是，设计石狮的雕塑家因当时被众人讥笑石狮无舌头而羞愧难当，投河自尽了。过了链子桥，便是美丽的城堡山。布达城堡最初由匈牙利国王为抵御蒙古人入侵而建造，后来几经改造，

在奥斯曼帝国统治时是军营和清真寺；在哈布斯王朝统治时，它又改成巴洛克式风格宫殿；在二战时期，城堡一度被焚毁；最后重新修葺的城堡，里面设有布达佩斯历史博物馆、国家画廊以及国家图书馆。

从城堡山下来，已是傍晚时分。但欧洲夏天的夜晚很奇妙，太阳到了晚上八九点才落山。夏季长时间明媚的白昼，让古老的布达佩斯看起来竟也青春洋溢。埃及朋友与我约好晚上参加多瑙河畔的游船活动。我们感受着晚风的柔情，听着岸上钟楼整点的钟声庄严地宣告夜晚降临，看着如墨般浓郁的深蓝色一点点浸染过天空。多瑙河两岸、皇宫、城堡山上的雕塑、链子桥、伊丽莎白桥，所有的一切都点缀上橘黄色的灯光，变得格外温暖，格外迷离。这时候一切景象都与白天时完全不同。游船平稳快速地前行，多瑙河水强大有力地流淌着，两岸的山与宫殿都变得巍峨鬼魅，有一种极落寞、消沉的美。千百年来不变的建筑，又一次地迎来黑夜。这座城的伤痛与沧桑，都慢慢被夜色吞噬。罗马帝国、蒙古人、奥斯曼帝国、哈布斯堡王朝、奥匈帝国、纳粹德国……不同政权的铁蹄在这座城碾过，布达佩斯经历厮杀、被征服，而后又再次易主。但是今夜，一切都被温柔隐忍的黑暗所包围，如同在母体中安睡的胎儿。

游船时坐在我旁边的一家人来自捷克，夫妇俩带着一个9岁一个6岁的女儿到匈牙利来旅游，我们很自然地开始了交流。在中欧人的眼中，东方女子还算是稀少，尤其是对那个仅6岁的女孩而言。很快，我与她就跨越了言语的障碍，用手势和微笑交流。当然，必要的时候，她那懂得英语的父母便会充当我的翻译。她嘴里呢喃着捷克语，小心翼翼地想要征求我的同意——她想为我梳辫子！很明显，她已经把我当成她信任的小伙伴。在6岁孩童的世界中，愿意陪她玩耍的我是一个友善、新鲜、让她好奇的朋友。我收获到意料之外的，超越年龄、语言和国籍的友谊。她的父母亦告诉我，整个旅途中，从未见到小姑娘像今天这么高兴。

结束游船后，我和我的埃及朋友在这异乡的夜里，不愿归去，想在美妙的夜色中多待一会儿，再多待一会儿。于是我们到当地很出名的一家土耳其餐厅里用餐、抽水烟。在布达佩斯有许多阿拉伯人，一方面和它之前被奥斯曼帝国统治过有关；另一方面，不少阿拉伯难民将匈牙利当成移民前往欧洲的一个跳板。来来往往的阿拉伯人让我有种错觉，误以为身处在中东的阿拉伯集市，也因此而让我的埃及朋友，这个原本就居住在伊斯兰国家的游子感觉异常自在。我和朋友开始谈论一些关于宗教的话题，在云雾缭绕中享受谈话、分享与思考的过程。

她告诉我，其实穆斯林信奉的《古兰经》与基督徒的《圣经》在某种程度上非常类似，但两者最大的分歧在于：他们信奉先知穆罕默德是真主派遣的向广大民众传递旨意的使者；而基督徒认为耶稣才是唯一能传达上帝旨意的使者。她还告诉我阿拉伯人的婚俗：男方需要购买房子、送礼金、请仆人来服侍自己未来的妻子，两人需要签婚前合约。在结婚后，丈夫能以女方未能很好地照顾家庭为由，在征求原配妻子的同意后，另娶佳人。当然，原配也可以选择拒绝，但却面临着离婚的后果。由于阿拉伯女人婚后大多数都在家相夫教子，把家庭当成生命的全部，因此大多数女人在权衡利弊后，都默默选择忍受。她问起我的宗教信仰，我淡淡笑着说：我也相信有一个主宰世界的神所在，但它是谁，有什么样的具象，我无从知晓。我也无法辨识，谁才是它向我派遣的使者。我相信一些冥冥中早已注定的事。其实，尽管多数的中国人都没有明确的宗教信仰，但中华文化的精髓与我们的道、儒、禅的智慧，无不蕴藏在我们生活的每一个细节中。虽然我们没有与一个明确的“神”做直面的精神交流，但是，我们的传统文化也在用不同的角度来规诫我们的言行，滋养我们的精神世界。

夜深了，城市正准备进入梦乡。大多数店铺都已打烊。古老的布达佩斯，在经历了热闹的一天后，要休息打盹儿了。它是那样的美，是茜茜公主最为钟爱的城市。在茜茜饱受人生挫折之际，唯有布达佩斯能让她求得宽慰。这位热爱游历各国的奥地利美丽皇后，在匈牙利一直被视为如圣母般高贵不可侵犯。在动荡的历史中，匈牙利几经解体，几经洗劫。曾经的奥匈帝国和曾经的纳粹大屠杀都退下了历史舞台，唯有城市的古老容貌岿然不变，还有茜茜公主曾留下的衣香鬓影似乎仍可寻觅。

有趣的是，我在欧洲中部的匈牙利总遇到阿拉伯元素，与阿拉伯朋友同游，探讨我未曾了解过的阿拉伯人真实生活的一面。这是一段非常奇妙的旅途，特殊的机缘、特殊的巧合、特殊的场所：我在被奥斯曼土耳其帝国统治过的匈牙利布达佩斯，在土耳其餐厅里抽水烟，在凌晨仍不愿离去。或许多年后，多瑙河两岸壮丽的夜景我会淡忘，但是我会记得这个夜晚，也会记得在游轮上遇见的小小的捷克朋友。我会记得有这样一个夜晚，美好得我不愿离去。

米兰，旅人的选择

米兰在我眼中，是一个充满物欲的都市，是令人向往的时尚之都。每年米兰都会举办闻名世界的国际时装周，全世界最为顶级的奢侈品牌和昂贵服饰，在T台炫目的灯光和摄影机的捕捉下，让所有人叹为观止。

在古老的米兰大教堂旁边，有埃马努埃莱二世拱廊，有大名鼎鼎的购物黄金三角，各种你听过的未听过的奢侈精品店，都在这，把古老的米兰一层层包裹，让人忘记了其实在米兰，除了物质，还可以在圣玛利亚修道院看到达·芬奇《最后的晚餐》真迹；可以到斯卡拉歌剧院听一场世界级的音乐会，还可以看到米开朗琪罗的最后一件雕像作品……尽管有更多的人，包括我在内，去了米兰郊外大型的Serravalle Outlet（塞拉瓦莱名品购物中心）。在那里，人们成群结队地蜂拥进Prada（普拉达）的专卖店，在寒风中排队等候进Gucci（古驰）和Ferragamo（菲拉

格慕）。你会发现，那些舍得花钱大肆采购一件价格上万的薄外套的，是中国人。每一家精品店，都配有中文导购。我们的同胞在这些贵得让人瞠目结舌的奢侈品专卖店里，像在菜市场里挑选猪肉般轻松自在，一人拎好几样不同款式的衣

LOUIS VUITTON

服、包包、鞋子，财大气粗地排着队，用字正腔圆的普通话和周围的同伴谈笑风生。

只能感慨，同胞们的购买力实在太厉害了，人们的生活越来越好，来欧美旅游购物消费也是平常事。不知道他们的购买，是出于对优良做工的欣赏，还是对品牌标签的致敬。当然，这些都与我无关。萝卜青菜，各有所爱。

在旅行中，有的人热衷购物，有的人偏爱流连于博物馆。有的人只等导游介绍完毕后匆匆在景点前留影，有的人则更愿意在旅行中探求自己曾经阅读和了解过的世界。有的人喜欢把行程排满，不错过任何一个景点。有的人则拒绝计划行程，一切都随心而行。这些都是不同个体不同价值观的体现。世间的旅人有千千万，每个人都有不同的精神诉求。没有好坏之分，只要适合自己，每一种方式都是最好的。

而旅行对于我，是一种渴望，是一种我无法运用文字语言清晰精确描述的渴望。年少时，我喜欢在家附近的火车站玩耍，我和小伙伴们可以偷偷溜到月台，甚至有胆大的小伙伴敢跳到铁轨上散步。那时的我从未有过乘坐火车的经历，只是对这快速驶来的庞然大物心存敬畏。准确地说，我不知道它来自何处，不知道它将驶向何方。这种未知的刺激感，一直延续并且转移到后来我经常接触的机场。我有时候甚至愿意花时间呆在机场什么也不干，就只看着来去匆匆的旅客。我觉得我内心沉睡着的诗人、文豪以及艺术家，随时都会被火车的鸣笛声以及飞机在跑道加速的声音所吵醒。没错，就是这样的一种感觉。

在米兰机场靠近机场火车售票处的花岗岩地板上，镶嵌着一块分别刻有意大利文和英文的碑石。上面写着Tutti i passi che ho fatto nella mia vita mi hanno portato qui,ora和Every step I have taken in my life has led me here,now.翻译成中文的意思是：人生中所走的每一步，都引领我至此时此地。这块碑石很小很不起眼，颜色深灰。如果不仔细看，几乎与旁边的灰色花岗岩地板没有太大差别。不知道匆匆走过的旅客，有没有留意到这条刻在地板上的哲言。我们急于奔走，热切地追逐着自己的目标，又有多少人能在欲求的道路上稍停片刻，理清思绪呢？这块碑石低调地任凭世人踩过，而不是骄傲地安置在显赫的位置，是不是为了让善于自省的人有种醍醐灌顶的释然？

而游历世界的奇妙，也在于，在自然的心境下看到这些话，欣然一笑，继续前行。

还有什么比这样的顿悟更美妙呢？

水中摇曳的幻岛

水城威尼斯，在我心中是世界上最浪漫的地方之一。柔情碧波环绕城市，水道密布交错，船只轻盈浮动。若不是亲身前往，无法想象一座城市笃定地建造在浮动的浅海处，既是一件显示人类聪明睿智的精美艺术品，又是寻常百姓人家的生活住所。

从威尼斯机场出来，遇到的是一整片明媚恬静的意大利乡村景致。一望无际的田野仿佛汇成了青草色的海洋，一栋栋独立的乡村别墅就像是散落在这绿色海洋上的扁舟。汽车缓慢行驶在蜿蜒曲折的乡间小道上，我透过车窗看到玉米地上成群的稻草人，正乖巧地守护着田地。傍晚时分，炊烟袅袅升起，我沉醉在这乡野世俗的平常生活中。我想，意大利人终究是极致浪漫的，哪怕是乡间住宅，每家每户的窗台上也都种了小盆的花草，墙壁上都均匀地涂抹了温和的暖色，就连晾衣架上的衣服也都识趣地随风飘起，好像也在宣告自己正在享受意大利多情的微风。

ZATTERE

RISTORANTE PIZZERI
«ALLE ZATTERE»
TABACCHERIA SOUVENIRS

办理完万豪酒店的入住手续后，我在酒店旁边的火车站搭乘火车到威尼斯的老城区。威尼斯刚刚下过雨的冬天，有点阴冷，火车站上空无一人，我在站台上望着铁轨，想起童年时自己常去家附近的火车站玩耍，可以在站台边上静静地坐一整个下午。年少的我便喜欢看火车骄傲快速地驶过铁轨，或者是喜欢这种驶向未知远方的惊险与刺激。

我坐上了意大利的绿皮老旧火车，30分钟后，从威尼斯的内陆部分来到了venezia s.lucia主岛老城区。我相信所有第一次到威尼斯的人都

会像我一样，被迎面而来的水乡盛景给震撼。在这里，没有车辆的喧嚣，运河取代了公路，所有的出行方式都只能是船。交错复杂的河道有177条，凭靠400多座桥梁连接贯通。这是一个没有汽车的城市，出门所及之处即是河流。在这里的taxi是指水上快艇，bus则是更为经济实惠的vaporetti水上大巴。还有颇具小资情怀的刚朵拉（Gondola）小船，全身漆黑发亮，船两头高高翘起，好似优美的音符。戴着草帽的船夫热情饱满地唱着《我的太阳》，也是威尼斯最独特的风景。

钻进古城的大街小巷，随处可见做工精良的嘉年华面具，神秘诡异又冷艳高贵。嘉年华（Carneval）意为斋戒前的狂欢，每年都在大斋首日前两个礼拜开始，并在忏悔节结束。每当嘉年华

狂欢会开始时，人们都戴上精美面具，换上华丽戏服，巡游城市和欣赏音乐节庆。大家都乔装打扮，暂时在狂欢中消除了贫富贵贱和等级身份的差距。又或者说，面具，给了人们去体验另一种身份的机会，赐予人们追逐快乐的勇气。

走进人烟稀少的深深巷子，听着自己的高跟鞋在百年石板路上踩出清脆声响。这时暮色渐起，有一些小商铺关门了，居民住宅则亮起了一盏盏的灯，透过窗户，橘色的光在召唤着尚未归家的人。有一些家庭主妇则牵着刚刚放学的小朋友，匆匆回家。走

在我前面的是一对挽着手快步走着的头发花白的夫妇，衣着相当考究，女人穿着黑色长款貂皮大衣、黑色丝袜和细高跟鞋，男人戴着绅士小礼帽，他另一只手则拎着重重的几瓶香槟。原来是赶去赴宴。

相比起人头攒动的大街道，我更喜欢这种小巷，可以看到威尼斯作为城市更真实更生活化的一面，可以闻到傍晚时分炊烟的气息和饭菜的香味。从热闹的边缘过渡到静谧，从油腻腻的旅游胜地回归到最本真的一面。每个来威尼斯的人在看到闪着银光的水面后，眼里都充满了美，脸部线条变得柔和。我迷失在黄昏下色彩斑斓的威尼斯，仿佛触碰到了飞溅的水花和冰凉的刚朵拉。而那不远处摇着桨的船夫，在薄如纱的雾霭中驶着刚朵拉，像是载满爱的摇篮浮动在金色涟漪的水面上，从过去，驶向未来。

DOMAINE FAIVELEY
GEVREY-CHAMBERTIN
1er Cru "les Cazetiers"
21701 NUITS-SAINT-GEORGES
BOURGOGNE - FRANCE
フェグレー・シャンベルタン・クロ・ド・ベーズ
DOMAINE FAIVELEY
CLOS VOUGEOT
Grand Cru
21701 NUITS-SAINT-GEORGES
BOURGOGNE - FRANCE
フェグレー・マジ・シャンベルタン
DOMAINE CHAMPY
BEAUNE
1er Cru
21200 BEAUNE
BOURGOGNE - FRANCE
ドメーヌ・シャンピ
DOMAINE Pierre NAIGEON
GEVREY CHAMBERTIN
Appellation Village
21220 GEVREY-CHAMBERTIN
BOURGOGNE - FRANCE
ピエール・ネジョン
DOMAINE HUGUENOT Père & Fils
GEVREY-CHAMBERTIN
Appellation "Vieilles Vignes"
21160 MARSANNAY-LA-COTE
BOURGOGNE - FRANCE
ドメーヌ・ユグノ・ペール・エ・フィス
DOMAINE J.P. MARCHAND
CHARMES CHAMBERTIN
Grand Cru
21220 GEVREY-CHAMBERTIN
BOURGOGNE - FRANCE
ジャン=フィリップ・マルシャン

Chapter 11
又自在又美味

为生计忙碌的人们下班后，
认真享用一碗天然豚骨拉面，
让浓郁的热汤慰劳自己饥饿的胃及疲惫的身躯。
回归到最简单的幸福中，
也是很有禅意的一件事。

玫瑰古国的农场奇遇记

终于来到这曾经足以和拜占庭帝国抗争的东欧国家，有些清冷，天空铺满了厚重低沉的云层，呼啸而来的风锤击着人的身体，让保加利亚的6月异常阴冷。我一直想来这个国家看看，因为它那闻名世界的玫瑰（或又称为突厥蔷薇）——被誉为用保加利亚国女神的鲜血浇灌而来的猩红花朵，让这个古老国度以爱和浪漫闻名。

保加利亚的首都，有个极美的名字，叫“索菲亚”，恬静如同桃源古城。城市里闲适缓慢的节奏，让人身心舒缓。我此次旅途的重点是当地的美食与传统歌舞，因为在保加利亚的餐厅，大多数都有现场歌舞表演，这也是保加利亚娱乐生活的一大特色。

我和来自巴西的男同事、泰国女同事约好共用晚餐，准备去一间传统的保加利亚餐厅Весело село

（音译为Veselo Selo，意思是“欢乐村庄”）。这个餐厅号称“just grandma can cook so tasty meals”(只有老祖母才能做出来的美味)，以此表明其独一无二和正宗的口味。我们在傍晚时分出

发，车子突然远离了下班时间拥挤的主干道，驶入雾霭重重的森林中。原来餐厅在索菲亚的城市中央公园里！该公园已有130多年的历史，以保加利亚沙皇鲍里斯的名字命名，起初由瑞士设计师设计成小型花圃的园林风格，后来又增添了玫瑰园、湖泊、喷泉和手工木雕房屋，种植了无数的合金欢树、桑树、榆树和梧桐。我看到许多人围坐在青翠的草地上野餐，夕阳金色的光洒落在一大片静如镜面的湖泊上。车子往幽静神秘的丛林深处驶去，最终停在一个有中世纪乡村风格的老旧大房子前，这就是我们今晚用餐的地方！前方的路已被茂密的森林完全遮挡了，会不会在午夜时分走出一个皮肤白皙、金发碧眼的吸血鬼呢？

“欢乐村庄”餐厅果然非常具有农场特色，木头门配上铁铸花雕门扣、捆绑整齐的稻草、挂在墙壁上的兽皮和蓑衣、仍旧可

以打水喝的古井、当作装饰摆放的耕种工具、双轮木头铲车、正在熏烤乳猪的壁炉、随意摆放的盛满新鲜果蔬的藤条篮子和悬挂在屋檐下的大蒜辣椒串、饲养的珍珠鸡、白鸽以及山羊等动物……一切都好像让人置身于农场中。我年幼时也曾幻想过日出而作、日落而息的农场生活，穿戴围裙、饲养家禽，过着自给自足的世外桃源生活，就像是海子的诗里所述的“喂马、劈柴、关心粮食和蔬菜”。

我们兴奋地找到位子坐下，首先品尝的是番茄芝士沙拉，硕大结实的去皮番茄清甜可口，配上马苏里拉奶酪，撒上切碎的罗勒叶，浇上香醇的橄榄油。吃完觉得仍不过瘾，于是又再点了另外一份沙拉，现刨的羊奶奶酪拌上小番茄、黄瓜、黑橄榄以及酸酱油。吃完后只感觉唇齿之间余留甘甜，神清气爽。随后即是招牌烟熏烤猪排，肥而不腻，肉鲜嫩又有嚼劲，每一口都带着慢火烘烤的香味，淋上鲜柠檬汁，舒缓菜肴的厚重。保加利亚的酸奶、玫瑰和葡萄酒都非常著名，我们每一样都不错过，又再点上冰镇啤酒。保加利亚的菜肴，引用了大量新鲜的果蔬，吃起来清爽开胃，这完全不同于中东地区腌渍的厚重，也没有东南亚爆炒的刺激。如此甘甜可口，淳朴得不增添多余佐料。

正在享受美食时，突然传来顾客的喝彩尖叫声。原来餐厅的“live show”现场表演开始了！几个漂亮的保加利亚姑娘和帅气小伙穿着传统民族服饰在舞池中央欢快地跳舞，他们的舞步快速繁杂，节拍激烈，洋溢着青春的活力。女孩们身穿勾勒了美丽花纹的红白镶嵌绸缎裙，在聚光灯下舞动旋转着，像绽放的娇艳花朵。男孩们穿着颜色艳丽的背心，面部表情也配合着背景音乐丰富变换，犹如歌剧演员一般，敲打着保加利亚名为“tupan”的大鼓。

歌舞秀持续了大概一个多钟，不时获得满堂喝彩。歌曲融合了斯拉夫民族、巴尔干半岛和拜占庭的音乐特性，时而激烈昂扬带动全场欢呼鼓掌，时而惆怅悠长好似祭拜仪式上的朗诵调。大多数曲调都融入了激动人心的鼓点声，当然还有妙龄女郎吹奏的音质嘹亮流畅的盖达风笛。保加利亚人是非常奔放随性的，对歌舞有种天生的热爱。当台上载歌载舞时，台下用餐的顾客也纷纷放下刀叉，举杯高歌。隔壁的长桌坐着二十几个聚餐的年轻人，他们甚至不由自主地站在凳子上欢快地舞动身躯，向舞台上专业的歌舞演员们致敬。而另一桌五十多岁的大妈大叔也不甘落后，大妈们跟随音乐节拍跳起了恰恰舞，几位大叔则站起来高举酒杯，向这几位夕阳美人们致敬。她们恰当地对待了自己的年龄，也不忘记奖赏自己跟随音乐放肆舞动的权利。美和欢乐是没有年龄界限的。

让我感到震撼的，是保加利亚人对传统歌舞的延续与热爱，是他们对音乐舞动的随性与坦然。在中国的餐厅，当然除去旅游景区外，很难见到传统歌舞的表演。都市中的用餐变得西洋化快餐化，城市的娱乐方式逐渐趋同，石头森林里越来越少淳朴传统的音乐。而仍然怀旧的保加利亚，愿你一万年不变地将传统歌舞进行到底。

拜仁的啤酒香气

慕尼黑人，和柏林人不太一样。

柏林人沉闷、冷静，就如同柏林一般。慕尼黑人热情、奔放，洋溢着洒脱的快乐，就如同慕尼黑一样。城市的历史与品格总能传承到子民的性格上。

慕尼黑是德国巴伐利亚州的首府，和其他国际大都市不太一样的是，它独有的巴伐利亚风情和传统，让它更加具有生活气息，有人甚至将慕尼黑调侃为“大村庄”。巴伐利亚，在中文里，我们更常称之为“拜仁”。它曾经是历史上声名显赫的巴伐利亚王国，但是现在它是德国面积最大，并且经济实力雄厚的一个州。慕尼黑作为巴伐利亚的首府，不仅有强大的工业实力和繁华的都市，还保留了最原汁原味的风情。

慕尼黑人酷爱啤酒，每年9月末10月初都会举行持续两周的盛大啤酒节。我在9月初到慕尼黑，尽管没有遇上啤酒节的盛大

狂欢，但是也能从城市的方方面面感受到人们对啤酒的喜爱。我乘坐城市火车到市中心的玛利亚广场，发现广场周围有数不尽的酒馆，很多人坐在热闹熙攘的街边，喝着啤酒打发时间。

广场上挤满了各种各样的游人和天马行空的行为艺术家。位于广场北侧的哥特式风格的新市政厅，气势磅礴，装饰繁重华美。市政厅的钟楼上有全德国最著名的“会跳舞的木偶”，正蓄势待发，在每天的四个不同时刻为世人表演木偶舞。

我往市政厅里面走，发现里面露天的庭院也被商家用来做生意，摆起了桌椅，供应起啤酒和小吃。在精雕细刻的庭院中，抬头只能望见被建筑切割的四角天

空，被这上百年历史的老房子四面包围，无比静谧庄重。在有些肃穆甚至是压抑的氛围下喝酒，似乎也是前所未有的体验吧！不过，大多数在这喝酒的人都是游客，长途跋涉的他们找到一块如此神圣的地方，可以坐下来整理思绪，倒也是不错的选择。人们在这儿正经地端坐着，细声交谈着，似乎也生怕把游客的那种繁杂喧嚣带给这上百年的老庭院。从市政厅往东边走，便到了当地最出名的维克图阿立安露天谷物市场，里面有上百间店铺出售新鲜的肉类、酱料、鲜花、水果、蔬菜、奶酪和香肠。不仅让我想起了西班牙巴塞罗那热闹拥挤的波盖利亚集市，但维克图阿立安市场更特别的是：这里有一个传统的啤酒园！板栗树的绿荫下摆放着密集的桌椅，夏日午后人们三五成群地围坐着，巨大的玻璃杯里盛满了琥珀色或浓郁的墨色黑啤酒，人们大口畅饮，痛快聊天，因此啤酒园总是热闹非凡，也是慕尼黑最让人激动的特色传统之一。

更有趣的是，在慕尼黑的餐厅、啤酒园，女侍者们都穿着一种名为“dirndl”的德国南部及奥地利传统服饰。低胸束腰的紧身胸衣，加上长至膝盖的褶裙，外面通常会系上长围裙，围裙上蝴蝶结的位置可以用来表明穿戴者的婚姻状况。dirndl的意思为“少女装”，源于19世纪的奥地利女仆装束，后来被上层社会所追捧，而成为流行时尚。在慕尼黑街头巷尾的服装店，都能看到这种dirndl在兜售，甚至许多国际一线的服装品牌在入驻了慕尼黑以后，也推出了经顶级时装大师改良后的少女装。我以非常

好奇的心态欣赏这俏皮可爱的少女装，就好像外国人看我们中式旗袍一样的稀奇心态吧。

晚上，我到下榻的酒店附近的一家传统德国餐厅用餐。餐厅的设备很陈旧，空调散发出的冷气若有似无，有些闷热。干净但却因常年拖洗而显得发白的木头地板，踩上去发出沉闷的响声。天花板上悬挂着巨大的金属吊灯，散发出懒洋洋的暖黄色，让人昏昏欲睡。木头餐桌上铺着整洁的蓝色条纹麻布，桌上摆放着一小束郁金香。四面墙壁亦全部镶嵌着切割整齐的木板块，上面贴心地配着天寒时让顾客悬挂大衣的挂钩。长条形的木架沿着墙壁环绕整个餐厅，上面放着许多造型各异的陶瓷杯，墙角摆放着最老式的像大砖头一样笨重的黑白电视机。整间店里都散发着古老的气息。让我最喜爱的，是餐厅里的多扇大窗户，配上米色碎花窗帘，窗台上摆着硕大的盆景，是我道不出名字的绿色植物，枝叶茂盛，几乎把整扇窗都给遮挡住。

侍者是穿着巴伐利亚传统长裙的年轻女孩，大概二十出头，年轻的脸颊上有些许雀斑，眼睛像一面深蓝色的湖。我点了德国传统的烤猪肉配土豆丸子，还有我最喜爱的清淡可口的Dark Shandy啤酒。在等待上菜的过程中，我习惯性地打量周围的一切，才发觉大多数来这家餐厅用餐的是年长的德国人，我这个年轻的东方女子与周围头发花白、老态龙钟的长者们相比，稍显突兀。

过了一会儿，又有两个年轻的日本女孩进来用餐，她们带着的HelloKitty造型的富士拍立得相机，立即引起了餐厅女侍者们的好奇与围观。传统淳朴的女侍者们被这新奇的相机深深吸引，善良的日本女孩为女侍者们拍下照片并赠予她们，在看到相机缓慢打印出彩色照片时，她们激动得惊呼上帝，手舞足蹈快活得像个小孩。原本单调且有些冷清的晚餐，因为这小小的骚动而变得有趣起来。

我从餐厅出来后步行返回酒店，已近晚上九点半，街上鲜有车辆和行人。我慢悠悠地走在这安静的街道上，看着橘黄色的路灯温暖地照耀着石子路，心里突然觉得异常暖和。也许是饱腹所带来的满足感，也许是酒精所带来的灼热，我的身心变得缓慢且放松。我享受着安静下来的世界，以及酒精带来的微醺。突然明白了在一千多年前的盛世唐朝，生性不羁的李太白把酒言欢、对酒邀月的痛快。是的，夜色如此美，与月共饮又如何？

巴塞罗那遇见爱

巴塞罗那的美，在于它的真实不做作。它的美，在于那在街上随处可见穿着巴萨足球俱乐部球衣的疯狂球迷们；在于它的天空蓝得似乎不掺杂一丝杂质；在于走在深秋的街道上，阳光和枫叶像金色碎片般洒落满地；在于它更贴近生活。它不似罗马，你走在罗马的大街上，不停地有卖纪念品的小商贩用中文跟你吆喝，几乎已经纯观光化了。我坐在巴塞罗那最著名的商业街兰步拉大道上的露天餐馆里，看着来往的西班牙人，他们是那么热情，充满生机和活力，如同这座城市，朝气蓬勃得就像清晨挂在枝头仍带露珠的果子，等待着世人去品尝其鲜美，带着俗世的温暖和恩泽。

在巴塞罗那的街头，偶尔看到年轻女孩画着夸张的粗眼线，穿着网格黑丝袜和匡威帆布鞋。那是青春张扬跋扈的味道。也可以看到衣着讲究的职场女士拎着漂亮的普拉达手提袋匆匆而过。

然而更令我诧异和眼前一亮的，是那些随处可见的精心打扮的欧洲老太太。她们通常会穿裁剪合身、颜色淡雅的连身裙，优雅地佩戴首饰，一头的银发在她们色泽柔和的口红衬托下，显得俏皮可爱。这是一种庄重自持的美，是对自己以及世间过路人的尊重，当然最主要的，是精心妆容的外表下对生活的挚爱和期盼。原来女人的美没有年龄界限，有的只是自己对生活的态度。就像一面镜子，你投以肮脏邋遢的影像，它回馈你的自然也是浑浊空洞的百无聊赖。不同年龄的女人，自然有不一样的魅力。年轻女孩，好似向日葵般热烈、昂扬。中年女人就像牡丹般艳丽、多情。而年长女子，则如山中百合般清淡、空灵，对世间万物规则随遇而安。

满满的，全是人间烟火气息。

我点了西班牙的特色海鲜饭Paella，拼盘小吃Tapas，还有一大杯鸡尾酒Sangria。我发现，巴塞罗那的食物，颜色都极其

鲜艳，让人有忍不住想去俯身亲吻然后优雅送入口中的冲动。颜色为咖喱黄的海鲜饭，上面点缀着金黄的鸡肉、粉嫩浅红的龙虾、新鲜硕大的牡蛎、颗粒饱满的青口、青翠的豌豆、鲜美的鱿鱼块、色泽明亮的番茄、红甜椒和香菇。海鲜饭浇上柠檬汁，每一口都传递着清新香甜。还有被誉为西班牙饮食国粹的Tapas（Tapas的文字本意是“酒吧里侍者端酒上来时盖在酒杯上面的盖子”），其实就是在小面包片上放分量约为一小口的美味食物。因为可将任意食材与烤面包片组合，可选用各种不一样的食材烹饪，因此Tapas包罗万象，口味丰富多样。厨房选料、厨师创意、厨师手艺、餐厅特色等因素的

迥异，能让任何一间餐厅的Tapas都是独一无二的。我选的分别为西班牙火腿、烩牛肚、碎番茄芝士、牛肉片和煎小墨鱼口味的Tapas。搭配着美食，我慢慢品尝被誉为西班牙国酒的Sangria。它以浸泡了水果的红葡萄酒做基酒，加入苏打饮料如雪碧、柠檬汽水，勾兑少许的烈酒如伏特加、威士忌或白兰地，味道既充满水果的甜香又不乏烈酒的香醇。我喝了几口之后，便略感醉意了。

夜幕降临，街道上往来的人慢慢增多。有一些球迷相约在街头巷尾，共同搭车前往诺坎普球场，观看今晚10点巴萨足球俱乐部的比赛。四处可见的足球海报，有帅气的梅西呐喊的样子。最低价55欧元的票也早已一售而空，整个巴塞罗那今晚都在为足球疯狂！看，这就是巴塞罗那的神奇之处，所有人都可以谈论着、享受着同样的、不分贵贱等级的乐趣，穿上球衣，我们都是有着同样热情爱好的普通市民。

迈阿密，再见，再也不见

如果有那么一个地方，需要我用一辈子去记忆，那就是迈阿密。美国佛罗里达州的迈阿密，有无限旖旎风光，有让人热血沸腾的NBA热火队，有终年如夏的宜人气温，有湛蓝的大海和洁白的沙滩。那里的低矮房屋，像它的天气一样，充满热情，都是淡淡的暖色系。有果冻般的粉色，奶油般的白色，青草般的浅绿，天空般的蓝色，巧克力般的棕色……那里的摩天高楼，也如同纽约、芝加哥般傲气地耸入云霄。在夜晚的时候，华灯胜过漫天繁星。这是一个浪漫到无法用语言形容的地方，像享乐天堂，处处是呼啸而过的敞篷豪车；港口停泊着马上出海的豪华游艇；形形色色的海岛上建造了富人们的私人别墅；这里激动人心，似乎随时都上演着狂欢，但同时阴暗角落里也充斥着暴力和毒品走私。繁荣和阴暗同样滋长，占据着这座热浪汹涌的迷人城市。

20世纪60年代大量古巴难民的涌入，让这个城市独具拉丁美

洲风情。在迈阿密的“小哈瓦那区”，是最早期古巴移民居住的地方。这里保留着古巴最原汁原味的生活，可以看到骑着高头骏马巡逻的警察，可以看到人们用最传统的方法手工卷制雪茄，可以看到男人们围坐在街头巷角打牌或玩象棋；在街边可以看得到描绘人体的色彩鲜明的油画；在便利店还能免费品尝到浓烈的古巴咖啡。如今，不仅仅是在这特定的“小哈瓦那区”，拉丁风情已蔓延至迈阿密的每一寸土地。在街上看到的多数是写着西班牙语的招牌，听到的多数是快速热情的西班牙语。在任何一条街道、任意一间餐厅，总会看到许多有着蜜糖棕色肌肤的拉丁美洲人。他们热情奔放，当听到传统古巴音乐时，甚至

会忘情地跳上一段“萨尔萨”舞蹈(salsa)，他们自在地舞动着性感的身躯，把快乐与自信感染给每一位路人。

这就是迈阿密，在这里人们似乎毫无拘束，似乎有享乐不尽的狂欢派对。南海滩，是迈阿密最著名的文艺中心，是享乐主义者的天堂，聚集了许许多多的酒吧、餐厅以及情色俱乐部。来迈阿密南海滩，绝对不能错过最负盛名的“Joe's Stone Crab”餐厅，已有上百年历史，以肥美鲜甜的石蟹出名，每天供应超过近两千顿晚餐，来自世界各地的游客都忍不住想要在这驻足。

Joe's的环境非常优雅，有上等红木铺的地板，复古精美的木雕，优雅别致的庭院，似罗马“真理之口”的狮面喷水池……Joe's的服务也非常贴心齐全，不仅有专门的柜台和员工代客泊车，更有独立的另一间店面专门做外卖。由于排号等位的人非常多，在平常的工作日等候至少一个钟头，周末餐厅更是水泄不通，等候时间会超过三个小时。餐厅也不接受任何形式的预订，因此只有亲自排队才有效。幸好在餐厅前方有一个很大的吧台，很多衣着考究的人们就在吧台端着鸡尾酒聊天等候。石蟹的捕食季节从每年10月中旬开始，至次年5月中旬结束。我去的时候恰好在2月份，因此有幸品尝到了石蟹。Joe's最招牌的石蟹做法，通常是先煮沸再冷冻，配上芥末和黄油。它承诺只让客人食用当天捕捉的新鲜石蟹，因此口感鲜美无比。当品尝到第一口鲜嫩的蟹肉后，便知道好东西都值得我们花上时间等候。

其实，那是和故友的最后一次见面，我们相约在迈阿密。我们开车在南海滩附近闲逛，在Joe's里享用了晚餐。我想起了电影《甜蜜蜜》里面黎明饰演的黎小军，在香港窄小的阁楼上，

找到了远房亲戚姑姑的遗物。那是姑姑与恋人在香港半岛酒店用餐时使用过的刀叉，竟花了一辈子去珍藏。用餐巾纸和绸布包裹的刀叉，成了姑姑最美好的回忆。于我，Joe's也不再是一间餐厅，它有了更多层面的意义。

在黄昏时分的南海滩，天空的颜色很淡。海水把落日淹没，云朵变成瑰丽的粉色。而大海，也是近乎透明的浅绿色。这就是著名的大西洋，温柔至极地出现在我面前。我面对着大西洋，在洁白细软的沙滩上画一个心形圈，很快，就被海水抚平。如同两个牵手走在沙滩的人，也很快走散在岁月的浪潮中。

最后，只剩下蔡琴的歌仍在回忆中飘荡：

让我与你握别

再轻轻抽出我的手

知道思念从此生根

华年从此停顿

热泪在心中　汇成河流

热泪在心中　汇成河流

让我与你握别

再轻轻抽出我的手

是那样万般无奈的凝视

渡口旁找不到

一朵相送的花

就把祝福别在襟上吧

而明日　明日　又隔天涯

缅甸仰光，仰望佛光

我在清晨安全抵达仰光，初升的艳阳透过浓郁的大雾，散发出温暖的光，让人心生暖意。街道狭长干净，四处可见佛寺佛塔，林木葱葱郁郁，湖泊如镜。东南亚宁静祥和的生活气息扑面而来。

这里的女孩有好看的双眼皮和黝黑发亮的皮肤，笑起来非常好看。没有经过粉饰的美丽在那色彩艳丽的纱笼映衬下，让人心醉。这里的男人下身也围着纱笼裙，脚穿拖鞋，慢条斯理地行走，都好似一副与世无争的姿态，没有中国钢筋水泥的大城市里行人的焦急匆忙。或许是受佛教的熏陶，他们内心笃定，生活缓慢，少有现代人常见的躁动不安。他们虔诚地信奉着佛。他们的生活与佛的教化紧密联系着，没有断裂与遗失，没有取代和掠夺，就像一条河流，涓涓不息地流动，就这样一代代传承下来。

我选择了在下午4点钟去大金塔，但地板依旧被夏日阳光烤得炙热。我遵循参拜习俗，脱鞋光脚参观佛寺。来自太阳和大地的能量混淆在一起，通过人的双脚，直至内心。这何尝

不是让人与大自然能量连接的一种方式？仰光大金塔已有2000多年历史，起初只有8米多高，经过历代修葺，达到了现在的百余米。大金塔的表面覆盖了数以百计的金砖，塔顶镶嵌了5000多颗钻石，2000多粒红宝石和蓝宝石，并悬挂了1000多个金铃铛。大金塔周围有64

座小塔环绕，所有塔建造所用的黄金达7吨！难以想象的奢华背后，是难以想象的虔诚。塔身覆盖着的昂贵金块，是由缅甸各阶层的人民世世代代捐赠出来的。在这个不富裕的国度修建奢华至极的佛塔，不仅未触犯人民利益，反而得到了民众的支持与捐赠，需要汇聚多少财力才能修建出如此华丽的金塔？

今天的大金塔，吸引了很多来自欧洲和泰国的游客，以及仰光当地的民众前来拜佛。在阴凉的角落里，总有一些人虔诚地跪坐，双手合十，嘴里念着一些我所不懂的语言。拜佛的时候，手心、双脚、额头都触碰着被无数人踩过的地板，飘逸长发也一同垂坠于地板上。在长久的跪拜仪式中，唯有心与佛的交流是第一位的，而肉身的舒适与美观则退而次之。我五体投地跪拜、指数佛珠。在同行法师的教导下，跟着用缅甸语念诵佛经。尽管我不懂得其中真意，但仍在这小心翼翼的仪式中净化了自己的内心，让我心无杂念地专注于仪式。

我又在法师的带领下，来到祷告大殿，与当地的佛教徒义工一起清洗用石头堆砌的“佛祖脚印”。五六个人一起，用海绵将“脚印”凹槽内的积水吸干，再用洁净的布擦拭。简单的劳作，却凝聚了众人的心力，让人欣喜。当然，佛教有很多仪式，供奉鲜花、点香点灯、转动经幡……每个仪式都被赋予不一样的意义，都是为了表达人类对佛、对天地万物的敬畏。尽管我不是佛教徒，也没有具体的宗教信仰，但是我想，人是需要一个仪式的。人通过古老的仪式与祭祀，以达到更好地与神沟通。人依靠仪式与祷告来供奉神，以求得和平共生。我们借由某种特定的仪式，来寄托、来安放我们内心的诉求与渴望。又或者，人与神无法用同一种语言交流，因此创造了仪式、宗教，借此来获得某种与神同在的沟

通，传递某种灵魂上的理念。然而这个神，不一定是某个具象，可能是佛陀、可能是耶稣，也可能是穆罕默德。它是人心中认定的无法解释的某种力量，是一种内心恐惧与敬畏的平衡点，是我们也解释不清的到底是否存在的“老天爷”。

缅甸人信奉的是由印度、斯里兰卡传入的上座部佛教，注重伦理教诲，认为佛陀只是一个已经彻底觉悟的导师与思想家，是一个教化众生的精神领袖。佛陀能做的，只是传授智慧与分享解脱尘世苦海的途径。众生皆可学习佛陀的精神教义，但是唯有自身才能拯救自己。的确，我偏向于上座部佛教的看法。与缅甸法师交谈，他告诉我，佛教既是宗教又不是宗教，它更像是一种学习和自我拯救的方式，不断寻求完美的解脱之道，止息烦恼与痛苦，更注重一种道德上的觉悟与醍醐灌顶。释迦牟尼为古印度迦毗罗卫国的王子，也曾生儿育女，也曾面对俗世的悲欢离合，他比普通老百姓面临更多物欲爱恨的痛苦，也曾苦闷、喜乐、彷徨与愤怒。他舍弃了自己原本所拥有的财富，远离了优裕舒适的皇族生活以及权力争夺。他选择了更为艰难的肉身体验，比世人先得到了觉悟，他希望让更多的人在他的精神世界里得到感悟与升华。毫无疑问，佛陀是卓越的精神导师，但人生终究是一场独自的修行和因果关系的轮回。人所播撒的因，会在时间的累积下，结成一枚果。这枚果是生活和命运馈赠予人的礼物，抑或是报应。

我和来自世界各地的虔诚信徒，在夕阳渐褪时，跪坐于大金塔前，开始祷告。我不是佛教徒，亦不懂得佛教的仪式。我只是一个忙碌奔走的旅人，在命运的安排下与佛国缅甸邂逅。我静静地坐在祈祷的人群中，看着夜色渐起，突然感受到信仰极其强大的力量。坐在我身边的这些陌生人，所散发出的虔诚和执着，几乎让我震惊。信仰是我们内心诉求平衡的极佳表达方式。

而我在这里，仰望佛光，想和内心的“我”好好谈谈。

京都趣事

一直以来，我对京都有种莫名的情感，仿佛在前世今生与它有奇妙的联结。在未去京都前，我熟读林文月所著的《京都一年》。闭上眼，我仿佛能想象到一脸粉黛的艺伎，在日落时步履匆匆地走向花街；在春季花见时节，大片大片的樱花如细雨般飘落，温柔地点缀于树枝、房屋瓦片和街道；高大威严的神社庙宇，在仙雾缭绕中接受虔诚百姓的祭拜。我总觉得，京都如此特别，它曾在过去的一千多年中作为日本的首都，是日本人的精神故乡。

然而，一万遍的想象都无法满足我的好奇心。当我真正搭上从大阪前往京都的快速火车，内心的雀跃欢腾，如同漫天烟火般绚丽热闹。哪怕独自一人前往这千年古城，也未觉得有何不妥。从大阪至京都，搭最快速的火车，车程仅30分钟。我看着车窗外快速跳跃的风景，淳朴的日式乡村风貌舒展在我眼前。火车路过用瓦片铺成屋顶的古老村落，路过有农民正在耕作的田野。静谧的小巷中，偶有身穿和服的妇人走过。不得不说，搭乘火车，是旅行的绝佳方式。人们疲惫的身体得到短暂安稳的小憩，不断后退的景致让旅者清空思绪——保留足够的空间，去迎接下段未知征途。人们梳理高低起伏的心情，把它抚平。当火车旅途结束时，旅人已完全转换心境，由激动难耐变为心神安定。

抵达京都车站后，需转乘公交车前往京都古城区。日本先进的交通网络覆盖了整个京都，也处处体现着无微不至的日式体贴。清晰明确的方向标识、容易寻找的游客中心、详细且一目了然的地图、快捷且班次多的交通工具，京都尽了最大的努力来迎接全世界的游客，尽了最得体的地主之谊，让人们方便舒适地旅行。京都的公车比较特别，乘客由后门上车，由前门下车并缴费。车前方有一个巨大的电子显示屏，显示行驶路线和下一站名称。每站播音均有日文与英文，有些站点甚至设有中文和韩文。若需下车，则轻按车上的“按停”按钮，司机自动在下一站停车。按钮布满全车，前后左右，窗边、扶手、拉环旁。无论乘客在哪个角落，都能轻松按下停止按钮，提示司机停车。

日本的公车司机有非常高的职业素养，身穿挺拔精神的制服，规规矩矩地戴着专业的帽子，手着白手套，耳边戴着扩音器。每位乘客下车时，司机都恭敬地点头、微笑着道谢。在热门景点的经停站，往往有十来人下车。但不管下车人数的多寡，司机先生脸上始终挂着友善的笑容，重复但又真诚地对每一个人道谢，没有一丝疲倦。日本人的礼貌，不仅体现在自尊体面的公车司机身上，还体现于乘客们。年轻人都礼让长者先上车，秩序井然。总感觉他们格外安定，不焦躁，这种教养，似乎是他们与生俱来的品格。

恰逢周末，古城显得格外热闹。许多日本中学生，穿着整洁大方的校服，在导游和老师的带领下游览名胜，均来自京都与附近城市的学校。不同校的学生，穿着不同的制服，有百褶裙，有水手服，有针织衬衣，有中山装。各种款式与颜色，映衬着陶瓷般的年轻肌肤和充满朝气的个性，真美。忍不住多看几眼。

正值豆蔻年华的中学生们，成为我旅途中未曾预料到的惊喜。几位女学生还热情邀请我与她们一起吃午餐，我礼貌地婉言谢绝了。善良美好得让人感动，大概是花样年华中最难能可贵的

瑰宝。能与街上青春靓丽的中学生相媲美的，则是那些身穿高雅华美和服，气定神闲地碎步行走的女子。霞姿月韵的日本女人们，盘着头发梳起云髻，露出白皙的后颈，那隐约可见的冰肌玉骨让人遐想联翩。和服虽不及中国的旗袍婀娜多姿，却也温婉如水，娴静端庄。中国旗袍如同牡丹般艳丽大气，而日式和服就如同秋菊般淡雅清新。在平常街道，也常见身穿和服的婀娜倩影，那花色、裁剪与质地都极为讲究。和服作为日本传统服饰，在日新月异的21世纪，仍是百姓们出席重要场合的首选服装，比如成人礼、婚丧、祭祀，或茶、剑、棋、书、

乐等礼仪场合。和服反映了穿着者的婚姻状况、社会地位以及穿着场合的重要程度。而在京都穿和服似乎已成为最时髦的风雅趣事，聪明的商家做起了租赁和服的生意，不仅有各种颜色款式可供挑选，有造型师化妆及盘发，甚至可请专业摄影师跟拍。在热门景点看到的和服女子多数是外国观光游客，甚至金发碧眼的欧美游人也开始效仿，穿起花哨的和服，引来周围惊叹的目光。

一路熙熙攘攘，终于来到京都最古老的寺院——位于音羽山的清水寺。相传为唐玄奘的弟子慈恩大师所建，已有1000多年的历史。寺内建筑物多数为江户幕府时代的第三代征夷大将军德川家光重建而成。清水寺与京都其他十多处神社寺院一同被列入世界文化遗产名录，每天香火鼎盛，有络绎不绝的游客前来拜访。沿着清水坂一直走，便到了仁王门。它那漆成橙红色的门柱与飞扬的屋顶，配合着右边气势恢宏的三重塔，与音羽山空灵的葱郁林木融为一景，形成强烈的视觉冲击。

沿着石板路，深入音羽山，来到著名的清水寺本堂与清水舞台。寺院的本堂供奉着十一面千手观音像，许多人到此祈求财运亨通。本堂大殿前方的观景台，俗称“清水舞台”。地板由400多块柏木铺成，被100多根粗壮的圆木柱支撑着，未用一根钉子，构造巧妙，悬空而成。观景台高耸于悬崖峭壁之上，四周被苍郁林木包裹。若春樱盛放或漫山秋叶时，不敢想象，该是何等让人心颤的美景。我安静地坐在清水寺的木地板上，眺望远方山

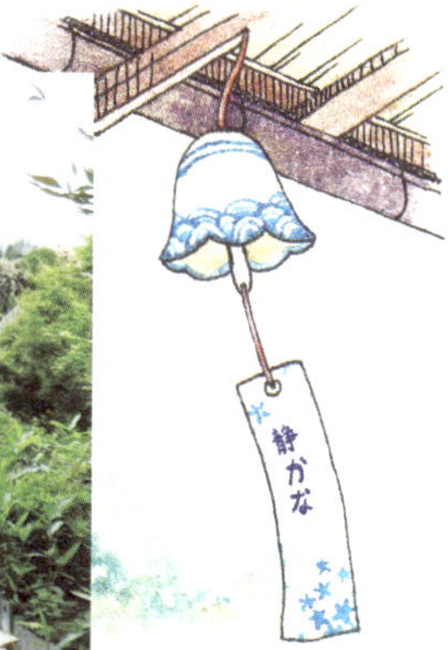
静かな

縁
恋占い
おみくじ
地主神社

林，听着周围人群的低喃细语，自己融入了此情此景。我呼吸着音羽山纯净的空气，坐在被千万人踩过的地板，抚摸有上千年历史的巨大圆柱，与庄严静谧的森林对望，甚至希望我能有足够的时间在此打个盹儿。突然感悟到人与物并无差别，岁月无痕流过，天地日月星辰轮回湮灭，一切都自然遵循着万物生长的神圣规则。我和音羽山上的树木又有何区别呢？毕竟此刻，我们都共同享有这云雾、这细雨，和这5月微凉的风。

黄昏时分，我到祇园的花见小路散步。这里是京都有名的艺伎区，两边皆是京都特有的木质京町家样式的传统房屋。房子临街的门面非常窄小，但长度较长，被当地人亲切地调侃为“鳗鱼的寝床”。花见小路上有许多高级茶室和怀石料理餐厅，街边张贴了许多歌舞伎表演的宣传海报，傍晚已有不少人在茶社门口排队等候演出开始。

艺伎起源于京都，是日本传统的表演艺术职业。早期艺伎的诞生雏形是通过用歌舞表演来吸引更多客人的水茶屋的女服务生，经过一系列演变，进而衍生为接受统一专业培训的在高级宴席上为客人表演助兴的艺伎。艺伎在日本是让人尊重的工作，需要接受数年严格的训练和考核。女童在十多岁便到艺伎馆开始研

习茶道花道、器乐舞蹈、文学书法和礼节，到16岁左右先担任舞伎，修习的舞伎毕业后，才能正式升为艺伎，走向酒宴，表演与侍酒。艺伎的培养漫长艰辛，必须熟知古典艺术，注重教养和优雅的谈话艺术。

眉黛青山、双瞳剪水的艺伎们，把最宝贵的青春年华投掷在这逐渐消亡的行业中。她们深居简出，少与外界接触，而且必须保持单身，脱离家庭的牵绊。她们谜一样的青春，是达官贵人酒席上的夜夜笙歌，是世人眼里神秘的风景。她们穿着昂贵的和服，敞开后领露出整片脖颈，浓妆下没有任何表情，好似精美的人偶。只是不知那被涂抹成雪白的肌肤下，掩藏着怎样的青春面孔？暮色中的祇园，让人不禁想起坚强刚烈、为爱而死的蝴蝶夫人。不知多少艺伎像蝴蝶夫人那般顽强，将爱情当成信仰？普契尼的歌剧，大概是世人对艺伎想象的最完美宣泄了吧。

富有魅力的古都，想读懂它，一天当然不够，一个月亦不够。它的风雅，比世界上任何一个城市都更让人倾心。

WOW，东京东京！

2015年的冬天，我在东京度过了我25周岁的生日。那天我独自一人参观浅草寺和东京铁塔，吃了豚骨拉面、烤肉和寿司，喝了桃子味的烧酒，最后在百货商场买了两只镶钻的水晶鸡尾酒杯作为礼物送给自己。

东京很漂亮，在我心中是与伦敦、纽约齐名的超级都市。车水马龙，软红香土。这里有整洁窄小的街道、密集的摩天大厦和疾步如风的日本人，寸土如金的东京早已把大城市的风貌演绎得淋漓尽致。东京没有京都的古典，没有奈良的雅致，但依旧成为独一无二的东京，占据了日本文化、经济、政治的首要地位。极度拥挤的城市，却整洁、有序，就像日本的其他任何地方一样。

浅草寺是我东京之行的第一站，它是东京最古老的寺庙，建寺已有千余年。相传渔民捕鱼时打捞出金观音像，被民众小心翼翼供奉起来，于是有了浅草寺的雏形。浅草寺富丽堂皇，雕

梁绣柱。它最具标志性的建筑是它的入口大门——雷门，气派庄严、丹楹刻桷。门中央悬挂着一个上百公斤重的大红灯笼，上面用浓郁黑墨写着巨大的“雷门”二字，左右两边各供奉着保佑风调雨顺的风神与雷神。

进入雷门后，有一条很长的繁华街道，名叫“仲见世”，是日本最古老的商业街道之一。自江户时代以来，随着浅草寺香火鼎盛而逐渐汇聚形成的仲见世商业街，经历了拆除、重建、地震、战火等变迁，最后重新修葺为今天的崭新模样。沿路商铺鳞次栉比，兜售着琳琅满目的日本点心、吉祥物和工艺品。不管是信徒还是游客到浅草寺，都会到寺庙求签。自觉往募捐箱里投一百日元，摇签

筒，取出签，按签头上所标注的号码，找到有相应号码的签文抽屉，便可取得自己的签文。若签文不如意，便可把它系在寺庙周围的树上，以此逢凶化吉。

浅草寺的签文，正面为汉字诗句，背面分别标注有日文与英文的解释。日本的寺庙，没有“乌烟瘴气”，不用担心点高香而被讹诈，也不用担心抽到“下下签”得向“大师”购买高价的“护身佛牌”以求平安。浅草寺是平民百姓的游乐中心，充满市井气息。即使在平日，也人山人海，热闹非凡。

东京铁塔是一个浪漫的地标，是一座电波塔，总让人不自觉地拿来与巴黎铁塔作比较，但东京铁塔外身是耀眼的橘红色，显得更俏皮可爱。搭乘地铁京急线到达大门站，出来以后穿过增上寺，顺着路标抵达东京塔。增上寺是历代江户幕府德川将军的灵庙，安葬了六代叱咤风云的德川将军。在幕府时代，日本天皇只是象征意义上的国家元首，并不掌握实权，而真正掌握国家最高政权与军权的是幕府将军。增上寺看起来很寂寥，完全没有浅草寺的热闹，在寺门口的牌子上写着本月法事及活动

安排。冬日清晨的增上寺，宁静安详，古朴庄严，仿佛一切都还在沉睡中，如同在寺中长眠的德川将军灵魂一般，不再苏醒。在增上寺里能看到位于寺庙后方高耸着的东京铁塔，古典与现代，交相辉映。在东京这座包容的城市里，一切元素的混搭都显得那么自然。

日本的食物制作精良、色泽自然、味道鲜甜、摆放考究、器皿美观。哪怕超市里的速食寿司，外观也十分精致，毫不马虎。“吃”在日本，是视觉和味觉的双重享受，从中能感受到日本人做事严谨、追求完美的个性。热衷面食的我，来到日本，怎能错过拉面呢？在原

宿热闹的街头，我惊喜发现一家一兰拉面馆，隐藏在一栋老旧房子的第二层楼。

沿着窄小陡峭的室外石阶梯拾级而上，店门口有自助购买机器，上面有不同口味的拉面选项，配以食物图片、英文介绍和清晰易懂的价格标注。选择想要购买的食物及辅料，投入相应的金额，便能得到一张专属食券。入店后，服务员热情递来口味偏好表让顾客填写。顾客可自主选择汤底的浓淡、含油量多少、面条嚼劲坚韧度，以及是否需要大蒜、葱、猪肉片等配料。

最有趣的是店内独立的用餐座席和神奇的服务窗口。餐桌很窄小，分布在窄长的过道中，所有顾客都坐成一排，座位之间用木板隔开。每张餐桌上方都有个服务窗口，全程只凭一个窗口来递送餐点，跟传统餐厅有非常大的区别。顾客入座后，店员将窗口打开，拿走顾客填好的口味偏好表及食券，过一会再将拉面从窗口中端出。每个座位都是完全独立的空间，在生活节奏极快的东京，把一切琐事抛开，没有工作，没有应酬，只剩自己沉浸在享用拉面的过程中。为生计忙碌的人们下班后，认真享用一碗天然豚骨拉面，让浓郁的热汤慰劳自己饥饿的胃及疲惫的身躯。回归到最简单的幸福中，也是很有禅意的一件事。

夜幕降临后，到居酒屋小酌一杯，是我在日本最喜爱的环节之一。躲过涩谷熙熙攘攘的人潮，拐进人烟稀少的小巷子，找一家平民风格的居酒屋，开始放松的一晚。居酒屋价格实惠，因此深受日本上班族喜爱。在居酒屋内总能看到一些西装革履的白领们，或孤身坐在吧台边独饮，或三五成群围坐一桌谈天说地。日本人喜欢喝清酒、烧酒、啤酒和威士忌。我独爱淡雅清甜的梅酒。梅酒是日本酒的代表之一，在日本，几乎家家户户的主妇都懂制作梅酒。梅酒由梅子、烧酒浸泡而成，酒精含量较低，非常适合女性品尝，加冰喝起来尤为清爽。

日本女生，都化着相似的妆容：偏褐色的粉底、裸色或粉色的口红、头发染成浅褐色；女孩们在寒冬仍穿着肉色透明薄丝袜和超短裙，在寒风中光着腿。而日本的男生，多数会修整眉毛，高高的眉峰骄傲地上扬，眉尾修得又细又尖。男生们都穿着西装夹克和剪裁合身的裤子，宛如日剧男主角。而最让人眼前一亮的，莫过于穿着和服与木屐，优雅逛街的日本女人了。在喧闹的街头，她们显得尤其引人注目，特别安宁、庄严。日本的中老年妇女，给人的感觉亦是干净、讲究。哪怕皮肤早已松弛，却仍化着清淡的妆。哪怕身材早已变形，却仍注重服饰的搭配与剪裁。偏深色的口红、仔细描过的眉毛、烫卷的头发、素色的衣裙，显得大气端庄。她们身上的礼仪和涵养、静谧与庄重，让人赞叹。这是一种坚定自持的力量，爱美之心不被俗事摧残和击垮。

在来日本前，我已在马尔代夫感受过其服务业的认真细致。那一次，我正在下榻酒店的大堂使用无线网络，恰逢一个来自日本的旅行团抵达酒店。游客们端坐于大堂的沙发，等待日本女导游分发房卡。刚开始，笑容满面的导游站着跟游客交代入住事宜，但由于站着的她与坐着的游客视线不一致，有不够尊重之嫌，于是女导游便双膝跪地，双手奉上房卡，并一对一地跟每位游客沟通。她重复着下蹲和起身的动作，她脸上真诚的微笑让我至今难忘。因此每次执飞日本航班，我都尽量让自己更细心、更认真，以达到他们对服务业的高期待。

在从东京返回多哈的航班上，遇到来自日本神户的东野幸保老爷爷，86岁的他依旧和妻子在环游世界。12个

小时的航班对于老人而言太过漫长，他向我诉苦说腿脚酸痛，我建议他慢慢在客舱行走、活动筋骨。我为他准备了热茶和点心，他竟一直说“非常抱歉，打扰了您的时间”。他与我分享游走世界的趣事，给我看他在夏威夷、胡志明市、罗马，在世界各地拍摄的照片。抵达卡塔尔后，老爷爷在下飞机前特意过来和我握手道谢。而他的妻子，一直在他身旁保持着恬静的微笑，爬满皱纹的脸上却仍露出少女才有的纯洁与美好。他们站在客梯与我道别，身影渐渐隐匿在多哈的晨曦中，让我觉得很感动。英伦绅士装扮的老爷爷和穿嫩黄色大衣、妆容精致的老奶奶，手挽着手，仍在路上。旅行是永无止境的自我修行，他们就是最好的例子。

日本，就像一本值得一读再读的书。人文的力量，是如此强大地冲击着我。感动和真诚，在这里，统统都可以找到。

泰国的一场长梦

我与曼谷总有千千万万的感情纠葛。最初源于一次我执行从卡塔尔多哈到泰国曼谷的长途飞行后，我因耳朵气压伤，需要遵循医嘱在曼谷休养三天，才能再次上岗飞回基地。世间因果关系表现得最彻底的，就是人的身体。你若怠慢它，在日积月累的透支后会得到小小警告。原本有秩序的轨迹被打乱，跟我一起执飞航班到曼谷的机组已经先行回卡塔尔。唯独我被滞留在异国他乡，带着身体的不适和内心的焦虑，在陌生国度的酒店大床上辗转难眠。贴心的酒店工作人员送来鲜花和祝福卡片，上面有一行歪歪曲曲的手写汉字："祝愿早日康复"。

清晨醒来后，我拉开窗帘，看到清洁工在高墙外擦拭玻璃窗户，他的身上只系着一根钢丝，悬浮在20层高的空中，在窗沿边上小心攀爬。其实每个人的生活都不易。人在生病时总是心思敏感。慢慢地，在养伤的这几日，我对曼谷的莫名情感就由此产生。

因此，当我决定给自己放个假时，我毫不犹豫地与好友相约在曼谷。我和好友分别从卡塔尔与广州出发，几乎在同一时间抵达曼谷，在等候办理落地签的人群中，我找到了比我的航班早降落半个钟头的她。其实我与她都各自分别去过泰国好几次，但这次是我们第一次同行。她是我大学时代最好的朋友，在漫长的四年时光里，我们一起上课，一起去图书馆，一起参加各种校园活动。工作后，她常公务缠身，没日没夜地加班，但尽管在高强度的压力下，她亦没有潦草对待生活。她总在下班路上买一束鲜花带回家，精心装点她的书架。或在晚上加班后，独自到小酒馆小酌一杯。一周仅有一天的休息日，也会被她安排得妥妥当当：看书、运动、家庭聚会……每次与她相见，她都穿戴精致得体，呈现出极好的精神状态与教养。我们心灵契合，精神始终保持在同一频率。我俩至今仍互相交换阅读过的书籍，互相倾吐心事，或是在愉悦的夜晚饮酒谈天。她就像空谷幽兰，极其淡雅。没有浮躁，没有悸动，聪慧坚韧，情商甚高，像是幽居深山的得道高僧。这次是她推脱了许多手头上的工作后，前来赴约，是为了完成一个很久以前与我许下的约定。

我们住在市区的一间由一对异国夫妇经营的家庭旅馆中。丈夫是白人，妻子是泰国人。旅馆规模不大，由一栋住宅楼改建，房前修葺了种满热带植物的庭院，认真地供奉着佛像，屋后有一个小游泳池，配有吊椅，着实惬意。房屋的外墙被漆成温暖的浅绿色和米黄色，配以深褐色的木质家具，天花板吊着笨重的铜制电扇，还有老式的需要拨动转盘的电话、需要上发条的木头时钟，处处洋溢着东南亚的气息。

客厅里摆放着不少女主人幼时的家庭照片，眉清目秀，家人们神情和睦，也似纯良子民。其中有一张照片，特别引人注目，被放大及精心装裱，恭恭敬敬地摆在客厅正中央。照片中她的父辈身穿挺拔军装，佩戴着政府授予的奖励勋章，英姿飒爽，风度翩翩。这大概是家境优渥的女主人祖上留下的旧宅，一草一木都饱含历代人的心血与回忆。每天早上，房东都为我们准备早餐。有时是培根炒滑蛋三明治，有时是火腿丁煎蛋配吐司，有时是蜂蜜浆华夫饼配烤苹果，甚至在我们离开曼谷的那天，我们于清晨

五点奔赴机场，房东贴心准备了丰盛的早餐盒，供我们在路途上填饱肚子。就这样，我和好友的轻松旅途，从每天睡到自然醒，吃过房东亲手做的早餐后开始。我们没有任何计划，只在每天早上花大概十五分钟讨论行程，再利用网络快速查找交通方式，便可出门。和好友的旅途，身心皆放松，随意得就像在我们最熟悉的广州一般。

在这个千姿百态的国度，有个地方非常吸引我，那就是美功铁道市场。在大学时代，教我《旅游学》的老师曾在课堂上展示过一则关于铁道市场的短片。短片中，火车每日在固定时刻，从热闹的菜市场中央穿梭经过八次。铁轨两旁所有的商品、货架、遮阳棚均被店主们提前挪开，待火车惊险地从菜摊之间不足两米的空隙中飞驶而过，再迅速摆回原位。有趣的美功铁道市场，位于距离曼谷两小时车程的夜功府。夜功府没有曼谷的繁华热闹，像极了祖国南方某个平凡的小县城，四处是低矮老旧的楼房和乱糟糟的街道。沿街有一些汤面和熟食档口、卖祭拜用品的杂货店、没有顾客光顾的理发店、嘤嘤嗡嗡的苍蝇徘徊在路边曝晒的咸鱼干周围。整个夜功府散发出破败的气息，感觉不到一丝生

机，却有种无法言说的平静。恰恰是这种“荒凉”与“守旧”，才让它完好保留了铁道市场奇特的交易现象。其实，堪称为“世上最危险集市”的铁道市场，并没有我想象中那么神秘。它的铁路轨道看起来有些简陋，高度几乎与地面平行，远远望去只有两条平衡的钢轨，甚至没有枕木。很难想象，高速行驶的火车在如此简单的铁轨上，居然能够保持平稳与安全。

在铁轨两旁，密集摆放了各种新鲜水果、蔬菜、腌制品、鱼虾、米粉和其他食物，就像一个露天的食品杂货铺，还有人挑着扁担沿路叫卖泰式点心。几乎每个摊档上方都架起巨大的遮阳棚，而在火车进站后，所有店主都像在比赛般地快速娴熟地将遮阳棚和货品摊架挪开一些。他们似乎都是聪明的物理学高手，非常精确地计算好挪动的距离，让火车在窄小空间内完美地与物品“擦肩而过”。若非亲眼所见，简直不敢相信店主们敏捷的身手、快速的反应以及精确到毫米的距离。我们不辞旅途劳累，只为亲眼目睹在学生时代向往与好奇过的世界，像

是某种仪式的完成。

又一日，我和好友临时决定，乘坐水上巴士去曼谷大皇宫。那日天气极炎热，热气笼罩着水面，浑浊的河水重重地拍打着船，我们一路摇摇晃晃，像在一片叶子上，随波逐流。

由于大皇宫有严格的着装要求，我们在景区门口租赁处借了长裙，将自己一层层包裹起来，碎着步子行走。我选了一条褐红色的纱笼，搭配纯白色的贴身布衫，甚是清爽，既参拜了大皇宫，又体验了泰式纱笼。在曼谷随遇而安的旅途让我彻底放松，享受大脑无意中迸发的新念头，让我体验到前所未有的随性与安宁。我们错过了蓝毗尼泰拳馆的泰拳表演，但并未因此失落，而是选择去附近的夜市大快朵

颐和享受泰式按摩来犒劳自己。在空闲的夜晚，我们到曼谷市中心的高空露天景观酒吧享受美酒与夜景，静静地望着55层高楼下的璀璨灯火，听着觥筹交错的欢愉声，彻底放空思绪。

在曼谷，还得习惯那些在马路上横冲直撞的摩托车大军。他们浩浩荡荡地穿越车辆和人群，在拥挤的街道上灵活自如甚至风驰电掣般行驶。每个红绿灯路口，总能汇聚一群整装待发犹如斗士般激情高昂的机车勇士。他们潇洒地跨着腿、蹬着油门，好像都纷纷化身成泰剧男主角。褪去幻想的包装，这些机车勇士们只是辛苦赚钱过生活的普通百姓。天黑时，摩托车微弱的灯光流窜在城市的大街小巷，像在夜空里灵活自如的萤火虫，虽然平凡，却也闪烁着自己的光芒。这些灯光，慢慢成为灯红酒绿的曼谷的一部分。灯光背后的他们，是曼谷这个花花世界中的淳朴平民。

曼谷是这般拥有多样性，高级百货商场里各种衣着时髦的美艳女子，和骑摩托车的普通百姓，都属于它的一部分，两者的存在也毫无违和感。传统、现代、淳朴、时髦、脏乱、奢华，各种元素组合在一起，成了独特的曼谷。这里的女孩很清纯，穿着白衬衣及膝深色百褶裙校服，让人耳目一新。这里的女孩也很妖艳，化着浓浓的妆穿着热辣的超短裤，骄傲精致的五官让人难忘。这里的男生很干净，总有清爽阳光的笑容。这里的男生很妩媚，一些不掩饰自己性取向的男生画着细细的眼线，风情万种的仪态能和女人媲美。一切都混合搭配，但那么自然。

泰国旅游局推出了一则新颖的宣传片，讲述一个名叫詹姆斯的白人在泰国度假时丢失钱包及护照的故事。满腹怨气的他被困在泰国，用“大都市人”的谨慎、封闭及自我保护，质疑对他伸出援助之手的泰国人们，但最终，他选择相信人与人之间最纯粹的相处，并收获了友谊。故事的最后，詹姆斯找回了被野生猴子抢走的钱包，并决定长久地留在泰国。我惊叹这个微笑国度的想象力，也常被泰国温情的公益广告感动。它给人的平和与宁静，是穿透表象，渗入心灵的。我曾在曼谷遇到许多有趣的故事，而它慢慢也成为我最乐意亲近的城市。我曾敬拜过位于曼谷闹市的香火鼎盛的四面佛，后来得知四面佛附近发生爆炸的新闻，心情不免失落。不知道那些在四面佛四周摆摊、卖鲜花的人们怎么样了；不知道那些千里迢迢来向神灵祈愿的人们怎么样了；不知道那些笑靥如花用美好舞姿替人们还愿的女子怎么样了。我为这个温暖可爱却时常动荡不安的都市感到牵挂和伤感。

我想，这就是我通过旅行所建立起来的与世界的联系。曼谷发生了灾难，我会想到那些我曾经在路上碰见过的、善良的人们。世界于我，早已不是概念中广泛、笼统的一个名词，而是更加血肉饱满的、与我回忆相连的、存留于我人生历程中的一个部分。或许在不久后的将来，我会怀念起在泰国的这一场长梦。

我的泰式私厨

泰国是我热爱的地方，是一个充满市井生活气息的地方。旅者想要寻觅的，在这里都能找到。我爱它的夜市，爱它的美食，爱它那总是和颜悦色、双手合十的子民们。

我记得有一次在曼谷，与几位同事一起逛名叫“Huiihuwa”的著名夜市。在我眼中，泰国美味，尽在街边摊档。泰国的食物消费很低，有无穷无尽的街边小吃和大排档任君选择。这些街边小摊档出品的菜肴，口味竟毫不逊色于我在星级酒店和高级餐厅里享用到的美食。而“吃”的热闹对我而言，人声鼎沸的街边摊档更胜一筹。为食客唱歌助兴的乐队表演已让我有些审美疲劳，而各种吆喝声、车辆行驶和鸣笛声混杂在一起的街边用餐环境，让我更自在放松。这或许是我的内在归属，对市井文化总有莫名的好感。

夜市街道拥挤不堪，地面散落着许多垃圾，坑洼处残留着积

水。餐馆里飘出诱人香味，车辆不耐烦地按着喇叭。窄小的单行道两边，遍布各种按摩店、小餐馆、水果店以及各种出售廉价服饰的地摊。街上非常热闹，有化着大浓妆穿着超短裙的当地女孩三五成群地逛街；一些年轻小伙骑着摩托车飞快驶过；卖小吃的小商贩热情吆喝。一只只硕大的泰国虾和在水中灵活游动的鱼，在海鲜档的巨大玻璃缸里吸引路人眼球；五颜六色的水果，带着刚采摘的芬芳被整齐地摆在摊档；花哨艳丽的衣服和琳琅满目的化妆品也热辣辣地宣告曼谷的青春性感；还有各种各样的烤肉串、海鲜丸、糯米饭、蔬菜沙拉、酸辣汤、炸鱿鱼等街边美食在挑逗人的味蕾。曼谷是如此热闹、生机勃勃，物价低廉，建筑老旧，还未变成野心膨胀的崭新大都市。

曼谷的城市面貌让我想起中国的南方，忆起童年时喜好吃的路边烧烤和油炸蔬菜，那时的城市未重新规划改造扩建，那时的街市是平民美食和热情的天堂。曼谷给我的熟悉，让我有种时光倒流、重回故里的感觉。它是那样年轻与廉价，却有着岩浆一样蓄势待发的活力。它就像那碗冬阴功汤，飘忽着热腾腾的烟火气息，抚慰了游子颠沛流离的心灵。

我在曼谷除了享受各种热带水果和海鲜大餐外，还有一个特别的计划：参加当地的厨艺培训，学做泰式料理！近年来，随着泰国旅游业的崛起，泰式料理也备受世界关注和喜爱，几乎在任何城市都能找到泰国餐厅，也有越来越多的人到泰国学习烹饪技巧。我正是其中一员。

我其实并不擅长下厨，但从小就热爱美食，有时甚至觉得“吃”是我生活中的头等大事。我对吃并不挑剔，南方长大的孩子，吃得很杂，上天下海，几乎没有禁口的。我故乡属客家民系，饮食口味是咸、香、油，而我们上一辈的客家女人，个个都是烧菜好手。她们懂得如何腌渍酸菜，将鲜嫩的芥菜转变为瓦缸里香气扑鼻的金黄色酸菜，也懂得在入冬时节将糯米发酵酿酒。我记忆中童年的冬天，漫天皆是在酒瓮中慢火煮酒的香气。我还记得小时候见母亲将大片芥菜放入大瓦缸，加适量盐，反复浸渍，不久后，我便能喝到母亲煲的香喷喷的酸菜龙骨汤。可惜随着时间流逝，好手艺在新一代的年轻人中逐渐失传了。而我虽然没有传承到这好手艺，却对美食有颗炙热的心。

我参加的厨艺培训课程，由一所叫Somphong Original Thai Cooking School的厨艺学校举办。在网上报名参加，得到回复后再确认好培训日期、课程和集合地址即可。我选的是上午的课程，早上在预约的集合地点和工作人员碰面后，他们驱车将我带

至学校。

学校在一条窄小、不知名的巷子里，路边停放着摩托车，两边都是民宿，庭院里种植满郁郁葱葱的花草，仿佛是我故乡南方小城的景象。到了学校后，教员给我们每个人分发了竹篮和扇子，带领我们到传统集市，讲解和挑选泰式蔬菜和调料。因为泰国位于热带地区，雨量充沛，阳光充足，盛产果蔬和各种海产品，所以泰式料理大多数以果蔬、海鲜为主料，辅以各种鲜甜的海鲜酱料，如蚝油和鱼露等来调节口味。除了我们熟知的高良姜、蒜以外，还有青柠檬、香茅、罗勒叶、罗望子、椰子糖，这些都是泰式料理中必不可少的配料，因此泰式料理大多以酸、辣、甜为主，辛辣香甜，开胃爽口。选好材料，回到学校，便开始了今天的烹饪课程。

一周七天，学校安排的课程每天都不一样。我们周一的课程为：学做鸡肉绿咖喱、鸡肉爆炒腰果、泰式酸辣水果沙拉和芒果糯米饭。每学一道菜，我们都先在教室里听老师讲解，随后工作人员给大家发相应食材，我们用各自座位上的砧板和小刀切好食材后，随老师到烹饪区，观摩老师示范下厨。老师煮完后，会让大家一一品尝，让我们感受和斟酌口味的清淡咸重。然后我们便开始自己烹饪，这时有很多工作人员在一旁指导，会细心体贴地提示我们该如何掌握火候及放材料入锅的时间。每煮完一道菜，我们便回到课室品尝自己的劳动成果。整个课程近4小时，有来自新加坡、中国台湾和几个金发碧眼的白人学员，感受不同文化的互相碰撞。虽然课程时间很短暂，虽然我并没有一教就会的天赋，但希望以后有机会能再次邂逅这间厨艺学校，再学几道好菜。

毕竟，能烧一手好菜的人，才是最懂得过日子的人。

鸡肉绿咖喱

食材

70克鸡肉
1/2 勺绿咖喱糊
1杯椰子奶油
1杯椰子汁
1杯泰式绿茄子，切成四瓣
1/4杯 泰式小茄子
2 片泰国青柠檬叶子，撕碎
1勺鱼露
1茶匙椰糖
1/2杯罗勒叶
1勺烹饪油
切片的红辣椒，作为装饰

做法

1. 鸡肉切片。

2. 中火炒咖喱糊，直到可以闻到浓烈的香味。调低火候，慢慢加入椰子奶油，慢慢搅拌直到表面有一层绿色的薄膜。

3. 加入鸡肉和茄子，拌炒直到鸡肉变成白色。加入椰子汁，直到煮沸。

4. 加糖和鱼露，撒入罗勒叶、红辣椒和青柠檬叶子，关火。

5. 装盘，放罗勒叶和红辣椒作为装饰。

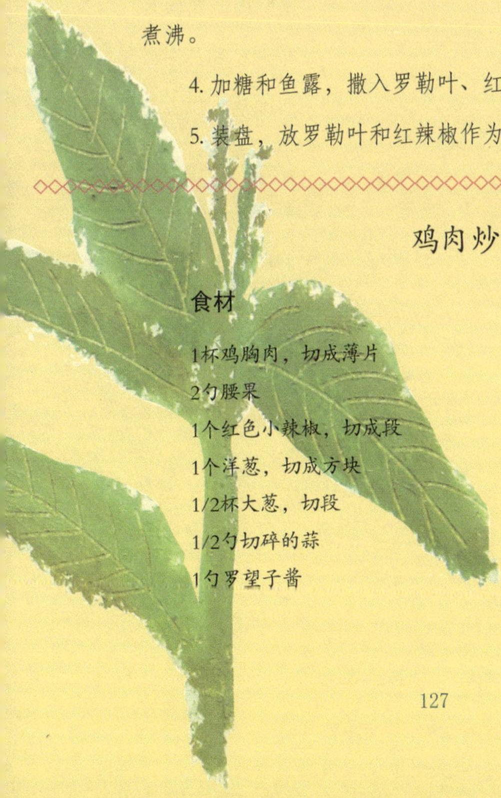

鸡肉炒腰果

食材

1杯鸡胸肉，切成薄片
2勺腰果
1个红色小辣椒，切成段
1个洋葱，切成方块
1/2杯大葱，切段
1/2勺切碎的蒜
1勺罗望子酱
1茶匙椰糖
1勺蚝油
1/2勺鱼露
1/2勺生抽
1/2茶匙老抽
2勺食用油

做法

1. 大火炒蒜，直至其变成金黄色，加入鸡肉炒熟。

2. 加入洋葱、腰果、辣椒，继续拌炒。

3. 加入鱼露、蚝油、老抽、生抽，罗望子酱和椰糖，拌炒直至汁变浓稠。

4. 加入大葱，关火，装盘。

绿咖喱糊

食材

3个大的绿色辣椒
1勺切碎的青葱
1勺切碎的大蒜
1茶匙切碎的高良姜
1茶匙切碎的香茅
1/2 茶匙青柠檬表皮
5个干胡椒
1/2茶匙烘焙的芫荽子
1/2茶匙小茴香
1/2茶匙 香菜根茎
1/4茶匙盐
1/2茶匙 小虾米

做法

1. 捣烂干料：芫荽子、小茴香、干胡椒、盐。

2. 加入所有材料一并捣烂：香茅、高良姜、柠檬皮、香菜根茎。

3. 加入辣椒、蒜、葱并捣烂。

4. 加入虾米，捣烂直至成糊状。

泰式酸辣水果沙拉

食材

1杯混合水果（苹果、菠萝、番石榴、玉米、葡萄）

2个新鲜辣椒

2瓣大蒜

2个圣女果切片

1勺干虾米

2勺花生

2勺青柠汁

1勺鱼露

1/2勺椰糖

1/2勺白糖

做法

1. 捣烂蒜、辣椒、虾米和花生。

2. 加入青柠汁、鱼露、糖。

3. 加入水果，搅拌好。

Chapter III
去比遥远更远的地方

把人类置身于宇宙中，
便不再是无所不能的人类，
而仅仅是浩瀚天地中的一粒微尘。

人人心中都有的纽约梦

提及纽约，我的脑海中马上会闪过许多与其有关的浪漫片段：那经典老片《蒂凡尼的早餐》中，奥黛丽·赫本每天清晨都独自来到第五大道，在蒂凡尼专卖店的橱窗前，啃着干涩的法式长棍面包，怅惘地渴望着昂贵的珠宝。《欲望都市》中四个成熟女人穿着高级时装，在这座魔力都市里优雅地变老，上演爱恨情仇的纠葛与成长。它也是《西雅图夜未眠》中男女主角最终约定相见的城市。好莱坞电影的故事情节总是围绕着它而展开。

纽约，就像是世界的心脏，全世界都愿意屏住呼吸来聆听它的心跳。它有着让全球瞩目的经济实力，以及媒体、娱乐、时尚产业。曼哈顿下城区的华尔街，是资本主义的核心，是世界金融中心。时代广场及百老汇剧院，每天都在上演最顶级的戏剧。大都会博物馆、现代艺术博物馆等众多博物馆收藏着数不尽的奇珍异宝。第五大道、麦迪逊大道上琳琅满目的奢侈品牌旗舰店，是购物狂心中的圣地。西区的格林威治村，摇滚和爵士是其主要元素，聚居了大量艺术家和作家，是美国现代思想和文化潮流的发源地。纽约是一个混合的大熔炉，不管在任何公共场合，总能看到各种肤色、各种英文口音的人行色匆匆走过。纽约拥有来自97个国家和地区的移民，可能他的父辈来自西班牙，她的祖先居住在巴基斯坦，而他来自印度……各种不同的种族混杂，在这世界上最顽强的钢筋水泥森林中生活，从而获得了一个新的名字：“New Yorker（纽约客）”。

我的纽约游清单上首选目的地便是时代广场。作为预算不多的穷游客，我选择的交通工具是地铁。来纽约之前，听朋友说过纽约的地铁让人抓狂。本不以为然，体验之后便深有同感。铁轨中垃圾飘荡，老鼠胆大淡定地窜来窜去，空中时不时弥漫着尿臭味。而最主要的是，在地铁车厢内碰到乞丐的概率几乎高达百分之九十九点九！当地铁车厢门自动关闭后，总是会有一些高大威猛、肌肉发达、声音洪亮、讲一口地道美式英语的青壮年乞丐在车厢内发表个人独白，内容多为“我没有工作没有公寓，请求路人给予一些零钱或者食物”。而大多数乘客都选择无言以对的沉默，脸上的表情都是淡淡的，似乎都已经习以为常、见怪不怪了。大多数乞丐在祈求无果后，都会默默离开，而少数则会愤怒指责，怒骂“不要以为纽约是你们的，你们也只是和我一样的穷人”。

正如美国作家约翰·斯坦贝克对纽约的评述：“它能把人毁灭，但如果睁开眼睛，这城市不会让人厌倦。充满闲言碎语的空气，吓唬小孩的政治，疯狂的交通，杀人恶魔般的竞争。唯有一

BVLGARI
ROMA
BVLGARI
ONE WAY

Disney
BROADWAY
love21
21
FOREVER
VOGUE
2014
TOSHIBA
TOSHIBA
TDK
SONY

EXPRESS NOW OPEN
H&M
MICHAEL C. HALL
HEDWIG
ANGRY INCH
CHICAGO
THE ONE THE ONLY
IRRESISTIBLE!
Beautiful
The Carole King Musical
NOVEMBER
GIFTS • LUGGAGE
HOLLER IF YA HEAR ME
MONEY CHANGE

king
Evergreen
COFFEE SHOP RESTAURANT
BREAKFAST • LUNCH • DINNER
RESTAURANT

样——一旦你在纽约安家落户，别的地方就都差点意思。”撕开它光鲜亮丽的表面，会看到它像一个巨大的下水道，集聚了苟且偷生的老鼠。或许世上任何城市皆如此，只是纽约将一切优劣都放大。

尽管如此，作为观光客的我，还是一如既往地兴奋激动。漫步在时代广场，看着巨大的电子荧屏播放众多奢侈品牌最新一季的时尚广告；看着霓虹灯如同春日百花般争相绽放光彩；看着纽约客穿着个性、疾步如风地与我擦肩而过；看着纽约标志性的嫩黄色出租车冷酷地奔跑在曼哈顿寸土是金的街道上。早前我去过位于美国南方的得克萨斯州，人烟稀少。在一望无际的大平原上，粗犷豪迈的得州人开着车，在空旷的公路上像风一样呼啸而过。相比起得州，纽约的聒噪热闹，就像24小时都不打烊的游乐场，接纳并满足了各种各样的人。

来到纽约，又怎能错过帝国大厦？它是纽约跳跃的心脏，曾是纽约最高的摩天楼，它的建造是美国梦最淋漓尽致的表现之一。381米的高楼共有102层，直耸云霄，仅花费了410天便完工。在20世纪30年代，帝国大厦以平均每个星期都建四层半的惊人速度，让全世界都瞠目结舌。似乎是一夜之间便可建筑高楼，在纽约，好像没有什么是不可能完成的任务。帝国大厦所给予的豪情壮志，在美国经济最萧条的时期，在某种程度上激励了那一代人，让他们在低迷的经济前景

2014

中看到希望。

《金刚》《绯闻女孩》《北京遇上西雅图》……最初我也是在这些被中国人所熟知的影视作品中了解到帝国大厦，当真正登上86楼的观景台时，俯瞰整个城市，感觉昂贵的纽约被踩在脚下。曼哈顿密密麻麻的钢筋水泥像小铁盒一样堆砌在脚下，远处的中央公园、哈德逊河、布鲁克林大桥、自由女神像等壮阔景观也在纽约有点阴沉的天空下显得苍白无力。在城市制高点，看着帝国大厦顶楼飘扬的美国星条旗，感受着高空带来的眩晕感，享受在地面所无法感受和领悟到的轻松与自由，真的让人忍不住想要大喊："我真的到了纽约！"

当然，就像地铁上的流浪汉朝我们大喊的一样：不要以为去了曼哈顿，纽约就是你的。

因为纽约永远高高在上，它不属于任何人。

在NASA和宇航员擦肩而过

我去的美国的第一个城市，是休斯顿，位于以牛仔而闻名天下的得克萨斯州。

我初到得州，心中总有各种各样的惊叹。首先感受到的，是人与人之间的不同之处。得州人性格奔放、不拘小节，骨子里流着西部牛仔不羁的血液。某天我在等候公车时，旁边有一位同样候车的得州黑人大哥，突然大声地开始说唱。那歌词听起来有些磕磕绊绊，可能是现编的。音调抑扬顿挫，听起来很苍凉，有点像早期黑人奴隶在农场摘采棉花时唱的那种绝望曲调。周围的人们并没有露出任何惊讶神情，仿佛早已习以为常。在美国这个讲求包容和个体独立的社会，每个人似乎都有权利和自信去做他们认为恰当的事情，而不需要去在乎周遭眼光。每个人作为单独的个体，性格中的各种可能因素都被完整地保存起来，没有受到繁文缛节的限制。这个确实是和我成长的环境有极大的不同。我为这差异感到异常兴奋。

休斯顿是美国第四大城市，但有大部分的土地是未被开发的草原、灌木林，甚至是森林。所谓的市中心，仅仅是城市中唯一有高楼大厦的一小撮地方。而绝大部分的人居住在分散于城市任意角落的、被空地包围的独立社区。我还记得当我搭乘出租车从机场前往酒店的时候，我被这粗犷辽阔的平原风景给惊呆了。四通八达的公路，像是一幅巨大交织的网，将休斯顿东零西碎的社区与市中心相互连接起来。

得州人彪悍的性格，首先便体现在开车这件事上。所有的车子都疯狂地驾驶在公路上，仿佛亡命之徒的绝望逃离一般。不管是大货车、小轿车、巴士，甚至是装备精良的越野摩托车，都发了疯似的飞奔在高速公路上。在公路上放眼望去，除了一望无际的荒凉，什么都没有。如果你对美国的印象仅停留在纽约、芝加哥这种大城市的话，那么来到得州可能会颠覆你对美国的了解与认知。地广人稀加之气候的原因，不管是民房还是公共设施，大多数建筑的占地面积都极大，但却平均只有一层楼高。在普通的社区，是见不到高楼的。

休斯顿最出名的，是它傲视全球的航空航天产业，这里有著名的约翰逊太空中心（Johnson space

United States
NASA

center），是美国国家航空航天局（NASA）的任务控制总部。漂洋过海来到休斯顿，我当然不能缺席这人生中不容错过的旅途——前往参观太空中心！它在休斯顿郊区，我跟随来自印度、韩国和非洲加纳的同事，一起驱车前往。路途大概30分钟，我们就从市区抵达美国休斯顿宇航展览馆(Space Center Houston)——这是约翰逊太空中心对公众开放的一个观光展览馆，也是民众了解与窥探美国航空航天局真实情况的一个平台与窗口。里面陈列着国际空间站以及相关飞行器的模型，并且有为了青少年而准备的体验娱乐设施。游客可以观看关于宇航员在国际空间站生活的科普影片，可以参观从太空中带回来的珍贵陨石和国际空间站使用的物品，甚至还可以预约和真实的宇航员共进午餐！原本在地球上最简单的吃住行，到太空中都会变得极为复杂、极具挑战性。地球上日常生活中任何一个简单的动作，都需要宇航员刻苦训练，才能够在太空中行动自如。

在展览馆内，游客可以乘坐户外电瓶车游览，到一墙之隔的约翰逊太空中心参观。约翰逊太空中心是NASA最重要的一个机构，曾经控制、指挥了自20世纪60年代起美国所有的载人航天任务，其中包括大名鼎鼎的载人登月“阿波罗计划”。现在它是美国宇航员训练的主要基地，占地655万平方米，比整个梵蒂冈还要大了一圈，有1万多名职员在此办公。我们乘坐电瓶车，可以深入NASA内部，参观火箭展览馆、位于9号大楼的宇航员训练基地，以及位于30号大楼的任务控制中心。

20世纪60年代，美国与苏联展开野心勃勃的太空竞赛。关于NASA的“阿波罗计划”一直有众多争议，不少人认为“阿波罗计划”是美国为了赢苏联、向世人展示其强大的军备实力而制造的

阴谋骗局。航天探索，如果非要和政治挂钩，成为统治工具的一部分，那是多么索然无味。尽管并不是没有可能，但我仍选择相信登月计划是真实的，因为我相信人类对未知世界的好奇心。尽管随着年龄的增长，大多数人不再仰望星空，退化甚至丧失了这种探索与好奇的动力，但是我仍愿意相信那个纯粹、崇高的，属于全人类的理想。因此当我在火箭展览馆里看着眼前巨大的“土星5号”火箭，内心激动如同潮水澎湃。它是世上最高、推力最强的的运载火箭，曾运载着美国宇航员成功登月的阿波罗航天器。NASA声称，如果哪天人类需要重返月球，将会继续使用这支“土星5号”运载火箭。

展览馆的墙上张贴着许多关于“阿波罗计划”以及宇航员的相关资料。把人类置身于宇宙中，便不再是无所不能的人类，而仅仅是浩瀚天地中的一粒微尘。尘世间的恩怨情仇，放在历史的长河中，也仅仅是一个瞬间。甚至我们今天抬头所见的星光，是成百上千年前的影像，经过漫长的岁月，才进入我们眼帘。宇宙在我们的童年时代，是被我们思考得最多的事物。长大后，宇宙依旧神秘，只是我们已不再保持着当初的好奇心与兴趣，我们的生活被成人世界中的工作、情感、金钱、欲望所占据，不再有雅致抬头仰望星空了。从展馆出来以后，我们经过了一片树林，里面的树木是为了纪念在航天事故中牺牲的宇航员而

THE INTERNATIONAL
STATION
NASA
LIVING
IN
SPACE

栽种的，每棵树都有一块小小的牌子，铭记着那些为了未知的外太空而奉献生命去探索的人们。许多树前都摆放了悼念的鲜花，陪伴着英雄长眠。

我在展览馆的纪念品商店里不免落俗地买了一只宇宙飞船造型的钥匙扣，它的背面刻有“NO FEAR”（无所畏惧）。这可能是我旅行以来最有意义的纪念品之一吧！我把它珍藏在我的抽屉里，内心不够坚定时便拿出来看看。我想，我会记得那天下午在NASA的草地上，那些为悼念英勇牺牲的宇航员而栽种的树木，正迎着骄阳与热风，顽强地活着。这绝对是我一生都需要铭记的旅途，毕竟我曾那么近、那么近地被全人类对浩瀚星空的探索所感动。

愿我们都能平静、坚定、勇敢。

风月场所里的女人们

2015年，我在卡塔尔飞行学校接受年度航空安全复训课程时，给我上课的老师是一名曾服役于英国皇家空军的机长，退役后他来卡塔尔担任飞行员培训导师，并为我们航空公司的空乘人员提供年度安全课的培训。在课堂上，他说，所有新飞行员，都应该被送到阿姆斯特丹接受短期培训及考核，白天结束紧张的课程后，晚上身体与大脑都必须要抵抗住灯红酒绿的诱惑，这个才是最考验人意志的。

当时老师把这个当成玩笑段子讲给我们听，虽然只是轻描淡写，但却在我心里种下好奇的种子，想去阿姆斯特丹探个究竟。在那次复训课程结束的一年后，公司开通了多哈至阿姆斯特丹的航线，我也幸运地执飞了该航班。有时候，缘分就是这么奇妙的事情，一些不经意间听到的故事、一些在书上读到过的文字，在自己充满未知的人生中，都有可能会真真切切地呈现在眼前。

阿姆斯特丹又称为“性都”，是男人们心中禁忌的天堂。性爱在这里被贴上了价格标签，像是一件超市里的商品，袒露在世人面前，公开兜售。在这里有一条闻名世界的红灯区街道，有不计其数的香艳场所，勾引着迷失在路途的人。红灯区里的每一栋房子，都有许多建造风格一致的玻璃橱窗。每个橱窗内都是一个独立的小套间，里面都被装饰成香艳的玫红色，屋子里的“秘密”一览无余：简单的桌椅床，和一个全身上下只穿着内衣的女人。她们站在玻璃橱窗前，面无表情，只有当男人们路过时，才露出谄媚的笑容，扭动着身躯，勾着手指，向男人们发送邀请的讯号。她们都很美，金发碧眼，再加上浓妆红唇，像极了我小时候玩的洋娃娃。尤其是橱窗内用了粉红色的灯光，把她们的皮肤照耀得更加娇艳动人。只可惜这些佳人们，如今在某些人眼里好似供人消遣玩乐的洋娃娃。或许她们是因为生活无奈而被迫出卖身体，或许只是因为她们愿意选择这一条轻松赚钱的道路吧！

我从橱窗前走过，跟其中的几位佳人无意间四目对视。她们的眼神中有麻木与冷漠，甚至有一位还憎恨地别过了头。我并不想像参观动物园的老虎那般无礼地盯着她们打量，于是也配合地转移了目光，不知道她有没有读出我眼里的叹息与怜悯。她们的笑容，只为愿意掏钱的顾客而堆砌在脸上，然而我好奇，这些精美的脸庞卸下脂粉后，是否有着因哭泣而红肿的双眼？我并不想以自己的价值标准来评价她们，毕竟每个人都有选择自己生活方式的权利与自由。

红灯区里还有许多性爱用品商铺，各种让人瞠目结舌的床上工具、仿造的生殖器用品和琳琅满目的碟片、海报，让我这样的年轻女孩难免有些尴尬及害羞。甚至连市中心的纪念品店，也把男女私处刻画或仿制在各种各样的旅行纪念品上。阿姆斯特丹坦荡荡地把人类最原始的欲望呈现得淋漓尽致，供世人观赏或评论，丝毫不遮掩，不修饰，不扭捏造作，也丝毫不在意我们惊讶的表情。

在阿姆斯特丹，抽食大麻也是合法的。走在街道上，总能够闻到一股奇怪的香味弥漫在空中。这会儿，如果仔细看，就会发现原来是路过了合法兜售大麻的“Coffee Shop”（咖啡商店）。城市里大约有两百多家这样的“Coffee Shop”，因为不允许做任何广告，所以除了店面上方的一个招牌外，在门口看不到任何相关的信息或是菜单。这些低调隐蔽的咖啡商店看起来与其他商店无异，只是窗户上都会贴有绿色与白色的许可证贴纸以作为识别方式之一。咖啡商店里的大麻菜单也非常隐蔽，通常只能在吧台上找到一

张反向朝下的纸。如果不把它拿出翻开，几乎不可能发现原来这就是菜单。在Coffee Shop内是不允许出售酒精饮料的，而且抽食大麻也有一系列的规定及禁忌。虽然大麻在阿姆斯特丹随处可见，但管理、使用都有白纸黑字的明文规定，以防止大麻滥用或者被非法运出境。

我常常感叹，世界上没有绝对的是与非。在某地将会被处决的罪行，在另一处却恣意滋长；在卡塔尔未婚先孕的女性会进监狱；在沙特阿拉伯的入境卡上明文规定携带任何毒品入境会被立即斩首；在德国很容易看到一些情色宣传单，因为召妓是合法的；在荷兰有公开兜售大麻的商铺……这世界之大，有许多超出我们想象范围和接纳程度的事情正在我们所未知的国度发生。在阿姆斯特丹的游览，更深刻地感受到文化差异带给我的冲击，是非常难得的一次体验。

用法语说我爱你

10月初的蒙特利尔，已经步入加拿大特有的寒冷秋季。枫树叶开始呈现各种可爱姿态，有的仍青翠欲滴，有的如泛黄书签般单薄，有的艳红如血。同一棵树上的枫叶，亦将万物生命循环的自然状态表达得淋漓尽致。

开车驶在从魁北克市往蒙城的寂静公路，需大约四个半小时的车程。满目的金黄与鲜红便成了一幅独特的移动画卷，一幕幕飞奔而过：蒙城郊外壮丽的田园，萧瑟的林木，远方依稀可见的村落……我突然觉得，美从未如此纯粹过。

我在旅行网站上预订参加一个蒙特利尔古城区的Walking Tour徒步旅行团。以蒙城最著名的圣母大教堂为始点，由一位头发花白的加拿大老爷爷担任导游，带领着包括我在内的总共10人的小旅行团，用双脚双眼去丈量和感受蒙城的博大与美丽。

徒步旅行团是临时拼凑的，团里除了我是年轻人以外，其余

团友均为50多岁的大妈大叔，主要来自美国和法国。蒙城的10月已经寒风凛冽，我由衷敬佩我们的导游爷爷，冒着寒风给我们讲解。他身体看起来相当硬朗，讲话虽然没有用扩音器，但却清晰有力。他知识渊博，竭力地为我们分享蒙城的历史与人文。作为曾经的同行，看到他极高的专业素养，我不禁感慨万千。导游爷爷告诉我，大约500年前，法国探险家雅克·卡蒂埃在远洋航行

中无意发现并命名了蒙特利尔，从此替法国开启了探索和征服蒙城的旅途。蒙城作为法国在北美洲开拓的新法兰西殖民地的一部分，直到在英法两国著名的七年战争中才割让于英国。从蒙城的历史中，也可窥见英法两国对现代加拿大的影响：如今在蒙城，60%以上的人仍讲法语；但讲法语的他们也同样爱戴作为加拿大君主的英女王伊丽莎白二世。

蒙城是世界第二大的法语都市，仅次于法国巴黎。街道的指示、菜单、人们的日常问候语，皆为法语。走在旧城区古朴的鹅卵石道路上，看着两旁浪漫多情的欧式建筑，听着呢喃性感的法语，仿佛迷失在时空隧道，不记得自己身在何处。法国、英国与美国的文化交融，让它更加风情万种。但其实蒙城也像个小小的地球村，中国人、越南人、意大利人、俄罗

斯人、阿拉伯人、犹太人……世界各地的移民汇聚在蒙城，形成了100多个不同文化的居民区。蒙特利尔宽容地接纳了来到它身边的移民，加上秀美的风景、发达的经济和便利的生活方式，被誉为世界上最宜居的城市之一。

位于旧城区中心地带的唐人街，更像古老东方的缩影，有各式各样的中餐馆、庄严大气的牌坊、红墙金瓦的中山公园、播放着邓丽君老歌的音像店、传统的粤式烧腊店和琳琅满目的纪念品店。一走进这唐人街，仿佛回到了故乡。老人在公园边上练太极拳，围着石桌下象棋；充满故乡回忆的食物香气从餐馆中飘逸而出，勾着无数游子的中国胃；走在这里，会听到有人讲粤语，讲东北口音的普通话，讲闽南话……顽强发展起来的华人社区，在异国他乡的北美洲，坚持着传统文化里边最精髓的东西。那些在日新月异的中国所感受的蓬勃汹涌的物质欲望，在这里似乎褪去。但同时也不由感慨，依旧在唐人街的华侨们，保留并停滞在我们二三十年前的生活方式中。他们与故土的连接，形成了一个断层，隔着汪洋大海，隔着半个地球，也隔着许多年不可逆转的光阴。这让我回想起马来西亚首都吉隆坡的唐人街。那是我旅行中第一次去唐人街，大大出乎我的意料。规模挺大的中国城，充斥着各种冒牌皮革制品以及其他廉价商品。到了晚上，街道中央搭起了长长的连接着整条街的塑料棚，里面挤满了千篇一律的冒牌包包。感觉不像唐人街，更像是个巨大的劣质商品批发市场。

马来西亚是一个多民族居住的国家，以马来人、华人和印度人

为主。曾听马来西亚华人朋友讲，政府很偏袒马来人，政府机关、企业高层几乎都由马来人担任，华人必须非常努力才能够得到重用。因此，在马来西亚，大多数华人都会选择在华人的企业中工作，不少华人已前往其他国家谋生。不知道在经济宽裕的蒙城，华人们面临着怎样的生存境地？上一代的人漂洋过海，藏在游轮甲板中，或是到北美淘金挖矿，只为了寻求温饱的生活。而现在呢，当初求温饱的梦想肯定也早已实现了吧？

在老城区，不时地有装饰满鲜花的马车驶过。马车夫挥洒自如地一边驾驶，一边向乘客介绍景色。入秋后的夜晚，街上少有行人。蒙城马上要进入严冬，聪明的加拿大人为了抵御寒冷，建造了巨大的地下城。购物中心、车站、医院、邮局、银行都可在那地下城找到。而夏天的时候，蒙城则是浪漫、优雅的爵士之都，全城都会庆祝初夏而举办爵士盛会。蒙城全年有大大小小各式各样的

节庆活动，又被誉为“节日之城”。由此可见，蒙特利尔人注重生活品质和仪式感，天性浪漫、热情，充满了探索生活的好奇心。

在蒙城圣母大教堂，我静静地坐在椅子上，看着教堂色彩斑斓的花窗玻璃、数以百计的精美木雕和华美的哥特式尖顶。突然听到低沉的音乐响起。这音乐是我不曾听过的。环顾四周，原来是一位中年妇女，站立在祷告座椅旁忘情地弹奏手风琴。而更让我意想不到的是，原本在教堂参观的一个旅游团，二三十人，纷纷肃然而立，伴随着手风琴的节奏，齐声合唱圣歌。我被这突如其来的一幕震惊了，沉醉在他们轻柔悠扬的合唱中。虽然我完全听不懂他们在唱什么，但是他们庄重而静谧的神情，让人不由得敬畏三分。信仰是一种极为强大的力量，不外露，是生命中极为隐秘但却核心的力量。此时此刻，信仰让互不相识的游客们停下手中的相机、停下耳边的窃语，只是专注地为神高歌一曲。

曲毕，旅游团又悄悄离开教堂转去别处参观，而那个弹奏手风琴的女人也不在原地。

而我，似乎还沉浸在那哀伤悠扬的手风琴声中，未回过神来。

锡兰的眼泪

斯里兰卡，旧称“锡兰”。它是造物者遗落在印度洋上的一滴眼泪，是能让人身心舒缓、灵魂平和的一片净土。

斯里兰卡深受全世界背包客的热爱，因为在这里能寻觅到重峦叠嶂的高山茶园、憨厚乖巧的大象、奥秘无穷的古城遗迹和佛教文化艺术的瑰宝，当然还有让所有人都为之神往的火车沿途风景线。斯里兰卡是印度洋上的一个小小岛国，终年炎热如夏。这个国家经济薄弱，70%的人口以耕作为生，即使在首都科伦坡，亦不见八街九陌的热闹繁华。科伦坡的建筑普遍低矮老旧，装潢简朴无奇。城市基础设施建设不完善，街道多数窄小破旧，交通更是杂乱无章。许多三轮摩托车灵活地在路上飞来窜去，外国游客管这叫“TUTU”，因为按喇叭时它会发出笨重低沉的“嘟嘟”声。

不过，斯里兰卡人都非常友善。当游客举起相机对准他们时，他们并不厌恶，反而报以灿烂温暖的笑容。他们会安静地保持原有姿势，直至镜头转移离开。他们目光中的纯净，不夹杂一丝物欲，看起来像不谙世事的孩子。在我与斯里兰卡人的短暂接触中，感受到的是他们的淳朴善良与热情好客。甚至在我所工作的航空公司中，有许多来自斯里兰卡的雇员，与他们共事，轻松愉悦。因为他们性格忠厚温和，工作勤劳负责。

在科伦坡的街道上，随处可见刻有巨大耶稣雕塑的天主教堂和色彩浓郁的印度教寺庙。在斯里兰卡，有70%的人口信奉佛教，其余人则自由信奉印度教和其他宗教。历史上的锡兰王国，其实与印度有着千丝万缕的关联。这个平静的岛国与印度隔海相望，以信仰佛教为主的僧伽罗人和信仰印度教的泰米尔人先后从印度迁移到锡兰，从此成为锡兰最主要的两大种族。但两者之间矛盾冲突不断，泰米尔人甚至成立了反政府的武装力量“猛虎组织”，制造多起自杀式爆炸袭击，引发了长达25年的内战。直至2009年，双方才平熄战火。本是同根生，相煎何太急？这个马可·波罗眼中的世上最美的岛屿，看似四海升平、千里同风，却也曾饱经战火纷扰之苦。

我有幸在科伦坡的街道上，目睹了印度教教徒举行的盛大隆重的庆典仪式。几个十多岁的青少年赤裸上身，走在游行队伍的前头，他们的后背穿刺了无数个类似鱼钩的铁钩，每个铁钩的尾端都系着粗麻绳。紧跟其后的一个少年掌控着这些粗麻绳，用力拉扯着。被铁钩穿刺的皮肤，也随着外力的撕扯而变形，看得我心惊肉跳。

队伍中有一些男孩的腰部、脚上皆穿刺满铁钩，身上背负着绘有神像及装饰有动物羽毛的钢制枷锁。这巨大的枷锁在泰米尔语中叫“Kavadi”（卡瓦第），被视为“苦行架”“赎罪架”或“行动祭坛”。泰米尔人以此种形式来赎罪、还愿及祈福感恩。队伍中央有一辆象征着神灵的巨大战车正缓慢行驶，一个信徒被铁钩与粗绳穿刺全身，高高地悬挂在空中。他无疑是整场游行的焦点，他的神情自然，气定神闲地舞动着双臂，做一些优美的舞蹈动作。街道被观看的民众围得水泄不通，游行的音乐及鼓点繁杂热闹，大家似乎都想要加入庆典中。这些游行的少年们看起来相当自豪，表情毫无痛苦，不停地手舞足蹈。当用镜头对准他们时，他们也非常配合，脸上透露出骄傲的神情。

当地人告诉我，只有灵魂和身体都得到了净化的人，才配担负起这项神圣的使命。以穿刺肉体来表达虔诚，古老的宗教总有让现代人无法理解的哲学。小小岛国，既有印度洋的浪漫，也有仙境般的碧绿茶田。走在斯里兰卡拥挤破败的街道上，不知为何，心总是暖暖的。

我在斯里兰卡做过最舒心的事情，是在某次耗费一整个下午忙完公事后，坐在酒店房间的落地玻璃窗前，观赏变幻莫测的天空。从我的房间往外望，恰好能看到一望无际的椰林。在斯里兰卡初夏近30° C的下午，郁郁葱葱的一片翠绿，就像一股清泉，让人身心舒适。万里无云的天空，像澄亮的湖面，毫无杂质。

不知何时，远处天边渐渐堆积起了云，太阳缓慢落山，带着一种美人迟暮的伤感，却迎来万道霞光。云朵在阳光的折射下，变成了娇嫩的淡粉色。广阔无垠的天空则变成一幅巨大的画布，被神涂抹上更浓郁的绯红，又慢慢转变成紫红色、紫色、紫蓝色，最后化为寂寥的藏蓝。而那些云朵也早已散去，只剩下一片似丝绸般轻薄柔软的云层，薄如蝉翼，泛着金光，透着最后的一抹粉色。天空的颜色无穷尽地变换着，散发着神赐的光辉，始终笼罩着地面寂静无声的椰林。我像是游离于世界之外的旁观者，为大自然的妙曼表演而震惊、陶醉。

我好像是那椰林的一部分，迎着微风，轻轻起舞。我又像是那天空的一部分，借着夕阳的余晖，映衬着娇

艳的色彩。我只是宇宙中的一粒微尘，或像一只小小的昆虫，在繁花盛开之时感受了大自然的丰饶与博大。大自然是极为慷慨的，毫不吝啬地将一切美景展现在万物众生面前。我屏住呼吸去欣赏，生怕我的赞叹声惊扰了这云兴霞蔚的天空。

马尔代夫的颜色

站在酒店房间窗前，阳光透过硕大的落地窗和透明薄纱，照耀在木头地板上。窗外可见近处花团绿植簇拥的百花园和远处波涛跳跃的大海。窗边的茂盛棕榈叶在清风下微微摇曳，投映着窈窕的倒影。青草色的窗帘，搭配着洁白柔软的床，一切都弥漫着夏天清爽的味道，仿佛唤醒了我花季时盛夏的白日梦。

我年少时幻想拥有的一帘飘纱，在离家十万里之遥的海岛国度实现。在后花园踱步，湛蓝的天空与同样色调的大海相互交融，仿佛让人坠入伊甸园。若非身临此仙境，无法想象世间有如此美景。这里的天空、骄阳、大海和植物，都如此热辣辣地散发出岛国的魅力。

马尔代夫犹如造物者的调色板，是色彩的天堂。

那云，轻飘飘地浮动于蓝色天幕，好似洁白花粉，被造物之神微微舞动的衣袖轻拂到天上。

那天空，均匀地抹上宝石的浅蓝色，像一块平静的镜片，岿然不变地用它那沁人心脾的蓝，照耀着世间百态。

那海，由于远近距离的不同，被分割为多种不同层次的颜色。近处的蓝清澈见底，远处的蓝浓郁厚重。在马尔代夫，蓝色被最大化地细分。若有似无的冰蓝，游离浮动的水蓝，深邃深沉的黛蓝，黑莓浆果般的紫蓝……想象

得到的、无法想象的色彩，在这里都有了最好的诠释。

伟大的神，精心选用了最恰当最俏皮的颜色来点缀马尔代夫。

燕羽浅灰，是浅海处的沙石颜色。

莓酱艳红，是花园里迎风绽放着笑脸的花朵颜色。

草地是玉髓墨绿，草坪上星星点点的小花苞是月牙白色。

马尔代夫的穆斯林妇女裹头的纱巾是丁香紫色。

首都马累整齐干净的房屋是奶棕色。

我在露天阳台餐厅吃的泰式米饭是葵扇黄色，马累传统鱼

市里的鱼是橄榄灰色，街边热情吆喝的小商贩的健康肌肤是栗棕色。

黄昏下雨时，远处刮风起浪的海是天鹅绒蓝色，雨后渐晴的晚霞泛着初荷红色。雨膏烟腻，柳昏花螟，让一切都笼罩了迷人的气息。

有人躺在沙滩上睡觉，有人在海边的足球场踢球。

不一会儿，起风了。

在人间天堂，不要繁杂忧虑，需要做的只是享受生活本身。

一半海水，一半火焰

北非突尼斯，是古迦太基城邦的发源地。它紧邻地中海，与意大利西西里岛隔海对望，有绵长的海岸线和柔情的碧波蓝天。而另一半的国土则被撒哈拉沙漠占据，因此也不乏大漠的豪情万丈。一半海水，一半火焰。它太神秘，让人忍不住想驻足，去感受它极端的柔情侠骨。它既充满了地中海独有的浪漫情怀，又萦绕着传统的阿拉伯世界的东方气息。在这里，有出售各种手工制品的热闹的跳蚤集市，有漂亮的圆顶清真寺，有虔诚的祷告音乐声飘扬。我下榻的酒店房间里有精致露台，站立于露台上，可远眺到蓝得纯粹的地中海与沿岸零星的白色房子。

突尼斯最让我倾心的，是Sidi Bou Said（西迪.布.赛义德）小镇，是全世界游人口中的蓝白小镇。依山而建的小镇，错综的鹅卵石街道，纯白的房屋镶嵌着耀眼的蓝色门窗，如烈焰般热情地探出了围墙的绽放着的花朵，小镇边沿风光旖旎的海滩以及峻

伟凶险的悬崖……一切浪漫元素都汇聚于这美得虚幻的小城，让人如何不心醉？

世人常拿突尼斯的西迪小镇和希腊的圣托里尼岛作比较。在我眼里，突尼斯的蓝白小镇更有一番韵味。小镇融合了传统阿拉伯与西班牙安达卢西亚的建筑风格，有随处可见的马蹄形拱门、圆形的拱顶和釉彩亮丽的瓷砖。处处所见，皆透露着伊斯兰教的文化传统。最美的莫过于纯白墙壁映衬下的窗户，纷繁复杂的对称几何图案相交重叠，

让人叹为观止的阿拉伯花纹统一被釉上亮丽的蓝色，令每一处细节都成为无懈可击的艺术品。伊斯兰教的宗教理念，运用到这里的建筑中，转变成一种物质的建筑形态。华丽繁杂的图案，表达了穆斯林心中的无限力量与信仰，超越了物化的肉眼的世界。典型的伊斯兰特色圆拱门，配上星星、月亮等图案，再结合地中海风格，形成了独特的突尼斯情调。

走在路上，两旁的店铺老板会热情地邀请游客进去观赏，琳琅满目的工艺制品让人应接不暇。这里可以找到波斯风格的土耳其地毯、小巧可爱的骆驼玩偶、釉上风景画的瓷砖、由橄榄枝编制的蓝白色旋涡状花纹的鸟笼……小镇上还有许多咖啡厅、餐馆、小

吃店和纪念品店。我在同行的法国女生的带领下，沿着蜿蜒的鹅卵石路，走到拥有全镇最美风景的Cafe Des Delices。

这是一家风景绝佳的咖啡厅，傍山建造，有长长的台阶。洁白无瑕的房屋庭院点缀了俏皮的蓝色圆椅子和长桌，亮蓝的巨大遮阳伞下坐着许多品茶赏景的游人，高大的棕榈在风中微微摇曳。这个咖啡厅占据了全镇最优越的地理位置，在这里，可以俯瞰地中海。近处浅水湾停放着许多漂亮的游艇和出海归来的渔船，远处则是绵延不断的海岸线，有海天相接的空灵景致。慵懒地坐在长椅上，点一杯北非独有的薄荷茶，小嘬一口，味道清

甜、口吐芬芳。在茶中加上新鲜薄荷叶、松仁与方糖，清甜而不腻，让人回味无穷。不远处地中海的蔚蓝海水，映衬着这由蓝色和白色勾勒出的小城，美得如同画中仙境。

由于突尼斯曾是法国保护国，因此这里的每个人几乎都会讲法语。走在路上会听到优雅的法语在耳边环绕，让人有种身处欧洲的错觉。这里尽管是伊斯兰国家，但律法不如中东那么严厉。在突尼斯看到的女孩们，穿着打扮也不似中东地区的阿拉伯女人那般黑袍黑纱裹身。她们顶多围着头巾，但也有许多女孩打扮得与常人无异。她们有挺拔的鼻梁和深邃的大眼睛，以及突尼斯女人标志性的蜜糖般粉嫩健康的肤色。美丽的女人，在这里也成了一道独特的风景。这个相对开明奔放的国度，接受着来自世界各地的游客前来顶礼膜拜。有的人为撒哈拉沙漠而来，有的人为迦太基古城而来，也有很多法国人纯属来这里度假。综合的多元化元素，在突尼斯得到了混合、交融。突尼斯曾是军力雄厚、疆土辽阔、富甲一方的古迦太基国，曾经统治了北非沿岸和西地中海，并多次与古希腊争夺霸权，但最终被古罗马帝国夷为平地。

古迦太基和古罗马共交战三次，第一次长达23年，第二次16年，第三次殚精竭虑仅持续了3年。被古罗马击败后，这个曾经的地中海强国被一把烈火烧尽，所有居民都被卖作奴隶。终于，迦太基帝国的神话灭绝了。帝国不倒的传奇被历史的车轮碾碎，灰飞烟灭了。富极一时的强国化为废墟，骄傲自豪的子民亦沦为亡国的阶下囚。在这里曾上演了多少饱含血泪的战火及惨剧，撒哈拉的黄沙却早已将古迦太基埋没，昔日的血雨腥风也已褪去。如今，我品尝着突尼斯的红茶，颇有一种“古今多少事，都付笑谈中”的感慨。

浪漫的蓝白小镇、柔情动人的地中海、风云变幻的迦太基、烈日下神圣的撒哈拉沙漠，所有的美，如同Sidi Bou Said那蓝色窗户上美丽的花纹，重叠交汇，形成了北非无与伦比的风景。

陆地尽头最后的繁华

从澳大利亚珀斯一落地，我就看到许多游客拎着巨大沉重的冲浪板缓慢走出机场，他们看起来和我一样兴奋不已，都因珀斯纯净的天与海慕名而来。珀斯是西澳大利亚的首府，被称作“陆地末端的繁华都市”。因其距离澳洲其他城市都较远，因此总被冠上“孤独”的代名词。我在念书时看过一些关于澳大利亚的书籍，便向往这个拥有黄金海岸和大堡礁的国度。在我心中它也成为自由、开放与不羁的象征。甚至有时和朋友互相开玩笑，都以“真想去澳大利亚的农庄摘葡萄”来调侃自己想要奔走天涯的渴望。

终于，我来了。

在珀斯可以做的事情太多太多，比如到野生动物园与袋鼠、考拉亲密接触；或者到国王公园俯瞰珀斯城市和天鹅河的美景；又或者去天鹅谷参观著名的葡萄酒庄园，拜访酿酒大师。一同抵

DIRECT CONNECT
131 008
TAXI
TAXI 9707
SILVER TOP

PERTH
ARENA

达珀斯的机组同事也非常热情，机长邀请大家一起去酒吧边喝啤酒边观看足球比赛；另一部分同事则相约第二天清晨去野生动物园观看剪羊毛表演。而我的计划便是没有计划，行走于城市间，让随意的心情去体验寻常风景。

我带上地图，换上轻便的帆布鞋，开始漫无目的地游荡。5月中旬的珀斯正值深秋，街道两边的树叶开始泛黄，在秋风的吹拂下优雅地舞动飘落。秋高气爽的西澳阳光正好，温暖却不炫目。市区街道干净整洁，楼房切割笔挺，崭新得闪闪发亮。有趣的是，在现代化写字楼林立的商业中心CBD，夹杂着许多玲珑小巧的复古英式建筑。这样的搭配，有些突兀，但又恰好体现了西澳文化的包容兼并，也有一番别样风景。尽管在寸土是金的商业中心，绿化却非常好，削弱了高楼给人带来的压抑感。

在金融中心甚至还有一个清幽宁静的城市公园，有人正在野餐，在草地上铺着漂亮的亚麻布和装满食物的藤编篮子；有人伴着公园里啁啾的鸟鸣声安静地阅读书籍；还有的人什么也不做，躺在草地上只管享受西澳柔情的阳光。许多在附近上班的衣着光鲜的白领趁着午休时间，带着便当盒来公园享用午餐。这种闲情，在中国很难看到，我仍然记得深圳的车水马龙，记得写字楼里人们急促的步伐和严肃的表情。再往前走，便是珀斯著名的天鹅钟楼，沿路有许多人在跑步健身。迎面跑来的，是澳大利亚特有的活力与朝气，是因运动而绯红的脸颊和壮实的身体。

从钟楼的反方向走，则是珀斯的文化艺术中心——北桥，这里聚集了博物馆、艺术馆、大剧院和图书馆，还有很多风格迥异的咖啡馆和酒吧。我参观了西澳州立图书馆举办的摄影展，流连于一张张精美的照片中。反复看这些光与影的残像，揣摩天性流露的动人时刻。图书馆里刷刷的翻书声和敲打键盘的声音，让我想起了我的大学时代，我在静谧的图书馆里度过了一个个昏昏欲睡的午后，又或者是临考前奋笔疾书。

原本以为我的美好澳洲回忆会定格在西澳博物馆外漫天飞扬的金色落叶，然而戏剧性的事情发生了。从北桥步行回市区的酒店，大概需要20分钟。20分钟并不多，但是不知为何，我的腹部突然一阵剧烈绞痛，加上这几天繁重的航班任务早已让我的身体疲惫不堪。这20分钟的路程，变得让我分秒煎熬。我甚至感觉头晕目眩，受不了便坐在路边。我尝试拦出租车，可在珀斯乘坐出租车需要提前和出租车公司预约，因此没有一辆出租车因为我的招手而停下来。正当我快绝望的时候，有一辆私家车路过。我惯性地伸手求助，车子竟立刻停下来。车主是一位看起来近50岁的澳洲男人，他试探性地问："夫人？"我告诉他我身体突然不舒服，需要返回酒店，但是打不到车。他没有片刻犹豫，便向我询问酒店位置。我将地图递上，他了解方位后便坚定地说："上车吧，我可以载你一程。"我一路道谢，他便一直说"帮助别人，这就是我们这的做法"。这位好心人甚至还问是否需要让酒店帮忙叫医生。他把我安全送到酒店门口，看我气色和谈吐已有所好转便驱车离开。待疼痛消退后，我才意识到我甚至都忘了问他叫什么名字！

我无法想象这种情况发生在其他国家有如何结局，我也不想去作任何比较和评论。我感激，因为他选择相信我，并且愿意将自己的事情暂时搁在一边，来帮助我这个毫不相干的陌生人。我早已不记得这个热心肠的澳洲人的长相，但这个温馨的小插曲我会一直记住，并且告诉我以后的孩子，让他们做一个温暖、善良的人。因为善良就像是一个圆圈，需要不停地传递，会不停地轮回。

从珀斯回多哈的航班上，起飞前我帮一位老年乘客把行李搬上行李架，另一个男乘客二话不说起身替我扛过行李，我对他投以惊讶及感谢的笑容，他爽朗地笑着说："这就是我们这的做法。"

我会心一笑，我想，这是老天精心为我准备的名为善良的礼物。

中东的匆匆过客

22岁的盛夏，我只身前往神秘的阿拉伯世界——中东。因为我得到人生中第一份正式的工作，而工作地点竟在距离故乡6000多公里的海湾阿拉伯国家——卡塔尔。中东地区，很久以来，在我的概念中等同于新闻联播里那块充满硝烟和黄沙的地方。

第一次抵达卡塔尔首都多哈（Doha）时，首先最让我震撼的，是视觉冲击。我仿佛来到了另一个世界。所有人都穿着传统服饰，男人们身穿纯白色长袍，穿着凉鞋，戴着白色头巾；女人们穿着一袭黑色长袍，披着黑色头纱，有些甚至将脸也用黑纱裹住，只露出两只勾魂摄魄的大眼睛。尽管在炎热至50℃的夏天，她们依旧包裹住身体的每一寸肌肤。尽管这里的商场也售卖华丽的礼服、漂亮的裙装以及性感的内衣，但这些都必须隐藏在一袭袭保守的黑袍下，收敛起女人天性中的风情万种。阿拉伯女人的千娇百媚，仅仅展示给自家男人欣赏。男人依旧可以三妻四妾，

而女人们只能从一而终。古老的伦理观念，在这里依旧延续。

出了机场，海湾地区富裕国家的真实面貌便展现在眼前。所见之处，皆为土黄色的建筑。土黄色，是沙漠的颜色。建筑所用的装饰，也全是伊斯兰教的典型——几何图案。和中国都市的五光十色、色彩斑斓相比，这里似乎只由波斯湾的湛蓝和沙漠的土黄两种颜色组成。一切都在预料之中，但又好似出乎意料。

卡塔尔有丰富的石油资源，经济非常富裕，曾被《福布斯》评为“全球最富有的国家”。石油的开发，完全改变了这个国家的命运。在此之前，捕鱼业和珍珠养殖业是它最主要的产业。卡塔尔的气候炎热干燥，鲜有降雨，不适合耕种。物资

匮乏，食物粮食及绝大多数生活用品都依赖进口。但石油、天然气为这个国度及它的子民们提供了巨额的财富，他们消耗着取之不尽用之不竭的金钱，建造起各种品牌的奢华五星级酒店、高级百货商店、庞大的大学城、气势恢宏的博物馆及歌剧院、整个中东最大的文化产业园和超过400万平方米的沿海高端商业住宅岛屿。一个盛产石油的富国需要发展，从全世界聘请了不同国籍的人来这里工作。体力劳动者中，以南亚人居多。

多哈这个快速发展起来的城市，有无数来自印度、巴基斯坦、菲律宾、孟加拉国和尼泊尔的劳工，他们或许是出租车司机、建筑工人、行李搬运工，或者是清洁工、仆人、保姆等等。此外，政府机构及当地的大公司也从欧美聘请了不少高知识分子来担当要职。我有时深深感觉到，优胜劣汰、弱肉强食以及强大残酷的社会分工法则，在这个富得流油的石油盛产国体现得淋漓尽致。目不识丁的人们在这里干着最辛苦的体力工作；懂得开车或会讲基础英文的人们可以开车、在超市或餐厅工作；受过高等教育的人则能做薪水优厚且体面的工作。卡塔尔汇聚了来自世界各地的人，大家都有个共同的身份，那就是区别于“当地阿拉伯人”的“雇员”。但同样作为“雇员”，不同背景的人，在这里有截然不同的生活与待遇。残酷的命运，在不同的肤色与国籍中体现得愈发无情。

卡塔尔在兴建2022年世界杯场馆、庞大的地铁系统及一系列城市建设工程，也频频被西方媒体爆出外籍劳工被压榨致死的新闻。我是生活在这片土地上的目击证人，缄默心痛却也无计可施，因为这是事实。我常在卡塔尔众多奢华酒店、高档百货商

场的一街之隔外，看到此番突兀反差的画面：成群的劳工在尘土飞扬的施工场所，正冒着沙漠夏天近50℃的高温劳作。他们穿着厚重的灰蓝色工作服，包裹着头巾遮阳，拖着沉重的步伐走在热得冒出蒸气的地板上。恶毒的阳光透过干燥得不含一丝水分的空气，能把人身上的皮晒褪。在这样的阳光下站立十多分钟，便能让人头晕目眩、四肢乏力。极度的高温，常让工人脱水中暑，甚至付出生命。这是终日都在空调屋内享受冷气的我们无法理解的痛苦。

普通的劳动工作者，需要将护照上缴给雇主。如果他们想利用年假回家，也必须向雇主及或公司申请一张出境许可证明文件，并申请领回护照。两者缺一不可，才能顺利出境。一层层关卡，是为了防止劳工无法忍受工作压力而逃走，唯有如此才能将他们紧紧地圈在卡塔尔。在多哈，街头巷尾常有专门乘载劳工的接驳巴士穿梭而过，一车大概四五十人，在天亮前被巴士接到送往工地。车上的他们总是眼神空洞地望着窗外。那种眼神，透着深深的无奈和疲惫，直勾勾盯着前方，似乎在渴望回到幸福的家乡，又似乎在控诉命运的不公。在银行或货币兑换交易机构，总能看到穿着工人制服的人排着长长的队伍，准备汇钱回家。有时看见他们从衣兜里掏出皱巴巴的几百块卡币，紧紧握在手里，等待着拿到柜台进行跨国汇款。他们的工作极其辛苦，但薪水跟其他工作相比依旧微薄，雇主为他们提供的住宿及生活条件也非常恶劣。看到这些，心里有时真不好受。

所幸的是，航空公司是卡塔尔的支柱性企业之一，财力雄厚的公司为我们空乘人员提供优厚的免税薪酬、具有竞争力的福利待遇和完全免费的公寓型宿舍。从我们一入职便统一安排我们的起居住行，为我们提供安心舒适和公平的工作环境，让我们安逸且有保障地在中东工作。

有一次，我执飞从美国亚特兰大回多哈的航班，闲暇期间一位来自巴西的头等舱乘客跟我聊天拉家常，他被公司外派到沙特阿拉伯王国工作，合同两年，他偕同妻子女儿一起住在沙特。公司为他提供非常优越的物质条件，但他仍不习惯在沙特的日子：沙特宗教律法严格，妻子女儿必须依照当地习俗穿黑色女式阿拉伯长袍，并且遮住头发、脖子。作为外国人的她们，比当地女性宽松一些的待遇，是不需要把脸遮住。他说，你没有办法想象生活在沙特的日子，看好莱坞电影是绝对禁止的事情，更别提其他娱乐活动了。沙特禁止一切偶像崇拜，认为人获得感官刺激是堕

落的象征。他苦笑着，但也承认这是人生中非常难忘的经历。有时人们为了追求高薪，总被迫背井离乡。他与我，和其他成千上万的外来务工者一样，为了中东的免税薪水和难得的人生体验，来到陌生的阿拉伯世界。我突然记起，有次我在执飞航班时到驾驶舱与飞行员的对话。来自英国的机长说，他这辈子都没预料到自己竟来中东工作。我和加拿大籍的副驾驶也纷纷感慨这段经历的奇妙，像一个梦境。如泡沫般短暂易碎，明白它无法长留，终将逝去。那天的驾驶舱气氛异常肃静，飘浮在雾霭重重的仙境，像行驶在汪洋大海的一叶扁舟。世界安静得似乎空无一物，只剩仪表盘上橘黄色小灯如繁星点点般闪烁着，与我们无言相对。

我20多岁时生活过的城市，是一个由石油、金钱以及来自世界各地的务工者的血汗和青春堆砌出来的城市；是一天能够听到五次祷告音乐、在斋戒月时白天所有餐厅都关门的城市。不同国籍的人，为了生计或梦想，在这片孤独的黄沙上挥洒青春的热泪。我不止一次地被穆斯林虔诚的宗教信仰所感动，不止一次对那些为多哈的建设做出贡献的普通人们感到敬佩。事实上我对它的了解仍不够深刻，因为工作的原因，我大多数时间都在其他国家。

在卡塔尔居住的这几年，卡塔尔对我而言只是疲惫时歇脚的一个地方，像过客与客栈的关系。它给了我足够的滋养，能让我养精蓄锐，以再次踏上旅途。这段经历会一直陪伴着我，成为我人生中难忘的冒险。

Chapter Ⅳ
云上的日子

在三万英尺的空中办公室，
遇到许多温暖的人与故事。

世界的另一面，惊魂

飞行的工作，让空乘有了环球旅行的机会，同时也让我们跟世界任何一处的躁动不安、流行疫病甚至是危险，都紧密联系在一起。2016年3月，比利时布鲁塞尔机场发生爆炸袭击，机场立即停止运行，我们公司原本计划马上要起飞的航班被取消，地勤引领机组及飞机上的全部乘客撤离，到停机坪中的一个维修机库里暂时躲避，最终机组及乘客都被送往更安全的酒店静候下一步的安排。

2016年4月30号傍晚，我执飞从多哈至伊拉克首都巴格达的航线，乘客全部登机后，机长却收到紧急通知：巴格达城市进入紧急战备状态，机场暂时关闭。原来巴格达当天下午数千名民众冲击政府机构、占领议会，伊拉克军方宣布暂时紧急封锁巴格达的所有道路及机场，但军方强调安全局势仍在政府掌控中。我们的航班也因这个紧急突发状况而延误。我们和仍不知情的乘客一起，在飞机上等待了一个多钟，最终得到巴格达机场撤销封锁、允许我们航班起飞的准许。

在等候期间，为了不让乘客担忧或恐慌，我们依旧面带笑容、镇定地在机舱里给每一位乘客分发饮料和零食。飞机起飞时，我们空乘跟往常一样，坐在经济舱厨房内的机组座椅上，系好安全带，按照公司规定温习紧急情况下的撤离流程。这时坐在我旁边的西班牙女同事开始默默流泪，我和日本、泰国同事都紧锁眉头。其实我们都各自胡思乱想，没有人愿意打破这沉默。我们都害怕，害怕在局势动荡的伊拉克停留；害怕从伊拉克登机的乘客中隐藏有不法分子；害怕伊拉克机场再次发生暴动……起飞后，我们迅速地投入到紧张快节奏的工作中，渐渐收起心里的忐忑不安，在乘客面前展现我们的专业素养。抵达伊拉克后，整个机场停机坪空荡荡的，我们是唯一一架在此时降落的飞机。乘客下机后，我们迅速地准备及检查客舱，争取以最快的速度让新一批乘客登机，安全飞离伊拉克。

2015年4月，尼泊尔首都加德满都发生8.1级大地震，至少造成八千多人死亡，数万人受伤。在地震过后，我们公司的一部分空乘，自发地申请执飞加德满都的航班，带上自己准备捐赠的物资，交给当地的地勤，再分发给有需要的人。虽然不是有组织地大规模捐赠，但也是作为空中飞人的我们的小小心意。

飞行是一件很奇妙的事情，我从没想过这世界上的一切新闻，都将与我贴身般的相近。这一切让我更深刻体会到：地球是一个大村庄，在不幸面前，不论国籍，不论肤色，只有普通的生灵、地球的子民，就如同你、我、他一样。没有人能够独享幸福与和平，只有互相帮助、共同扶持，才能使世界变得更加完整。

没有人愿意生于贫贱

在飞往孟加拉国首都达卡的航班，乘客几乎喝光了所有的啤酒、威士忌、瓶装水，吃光所有零食和餐点。服务铃此起彼伏，就像圣诞节的彩灯一样闪烁不停。厕所里一片狼藉，因为大部分人都不知道该如何冲厕所。待所有乘客下机后，有一位成年男子迟迟坐在座位上不肯离开，脸上流露出尴尬神情，他不会英文，所以不管我们问他是否需要轮椅服务、检查他的登机牌，或询问他是否需要其他协助，他斗只是摇头。后来，细心的同事发现他的座椅垫已经湿透，原来他在座位上小便了，因为尴尬而不好意思站起来。我们赶紧给他拿干净的毛毯毛巾，供其擦拭或者遮挡。当地的地勤上机为我们翻译，原来因为这位乘客不会英文，又是第一次独自坐飞机，所以全程坐在原位一动不动，不知道可以向空乘人员求助，也不敢起身去寻找洗手间。就是这样一个让人哭笑不得的航班，给人的感触却更为深刻。

贫穷其实很可怜，贫穷限制了人受教育的权利，世上有多少人在贫穷中饱受煎熬，有多少人因为贫穷而无知呢？然而，没有人愿意生于贫贱。这是一种无奈的命运。孟加拉国是世界上最贫穷的国家之一，首都达卡更是世界上污染最严重的城市之一，常年流行疟疾和霍乱，生存环境非常恶劣。航班上的乘客多数是去其他国家务工的劳动工人，由雇主承担机票费用，搭乘飞机的机会非常少，多数人都处于很兴奋甚至紧张的状态。在这趟航班上分发糖果时，许多乘客都贪婪地抓一大把放进口袋里，也有的乘客则小心翼翼问我：“只能拿一颗吗？可以多拿几颗吗？”有的乘客则将啤酒和餐食偷偷放在包里，可能想带回去给家人品尝。这些举动让人觉得有点心酸，或许因为在平日很难得吃到而舍不得吃，下了飞机想分享给家人，或留作纪念。

飞行让我感受到贫富悬殊的强烈冲击。衣冠楚楚的人，受过良好的教育，举止优雅。衣衫褴褛的人，甚至不知如何冲厕所。在飞往迪拜的航班上，常有很多富裕的卡塔尔人带着价值如同一辆跑车的猎鹰去邻国游玩，在富豪的圈子中去彰显自己的身份与

社会地位。而在巴基斯坦、孟加拉国航班上，饥饿的人会因得到一杯饮料一份零食而欢呼雀跃。我能做的，也仅是尽力让他们感受到我发自心底的笑容和飞行途中力所能及的照顾。这微薄的小事，愿能给这些生活在社会底层的人一点点欣慰的回忆。

在飞行中所学到的其中一项宝贵东西，就是怜悯心。学习如何做个有涵养、有怜悯心、保持积极的人，终身受用。我记得有次在公司的服务复训课程中，导师给我们观看*English, Vnglish*（又名《印式英语》）的电影片段。短片中一位不懂英语的印度女人，在美国的一间咖啡厅受到收银员的讥笑和嘲讽。看完短片后，心里很是难受。任何一种无意或恶意的歧视，任何形式的不平等对待，都会给别人带来心灵的伤害。在中东的土豪航空公司工作，每天面对的乘客来自各种背景：从卡塔尔的王室成员，到普通的工人。面对权贵时，不要卑躬屈膝，这或许很容易做到；面对穷苦时，不面露愠色，这个难度就高多了。不管面对口含金汤匙出生的王室贵族，还是普通的平民百姓，做到对每个人都保持尊重与耐心，是一种美德与教养。

有情有义的天地

在飞往巴基斯坦的航班上，有一位年长的女乘客是我们本次航班的“Wheelchair Passenger”，即需要轮椅协助上下飞机的乘客。她身穿印巴的传统服饰彩色纱丽，看起来非常慈祥安静，由于体形巨大且行动不便，因此也是我们空乘的重点照顾对象。坐在她旁边的是一位西装革履的小伙子，按年龄估算应该是她的儿子。

小伙子有着巴基斯坦美男子固有的浓眉大眼，英文流利，行为举止富有教养，也时时细心照顾着年迈的老母亲。当我在提供餐饮服务时，这个年轻人礼貌地向我询问洗手间位置。我为他指明方向后，他便起身搀扶着体形巨大的母亲缓慢挪步，原来是要扶她去洗手间。我问他是否需要协助，但小伙子腼腆地婉言谢绝了，大概是不愿麻烦正在客舱分发餐食的我们。于是他们俩人一前一后吃力地走向飞机洗手间。当我们结束餐饮服务，准备推餐

11NOV15
OF LUCK

Happy Birthday

Muchas felicidades,
muchos años mas.
Capt. L. Espinosa QTR 813

Joyeux Anniversaire.
Tout le bonheur du monde
beaucoup de Joie!
JILO, B QTR 813.

Dear Fangting.
생일 축하해.
앞으로 하는 일 잘 되길 바랄께.
- Junhee -

Merry Christmas

Dear Fangting

お誕生日おめでとう!!

I HOPE YOU HAD NIC
BIRTHDAY AND CHRIS
IN TOKYO.
CSD: SAOR

كل عام وأنتي بخير
M.J
JASSIM
QTR 813

मेरी प्यारी फै
जन्मदिन बह
बहुत मुबा
हो। भगवान तु
हर मनोकामना पु
करें। Beant.

angting:
Birthday
amazing crew(*´ω`*)
一年になりますように♡
ki from Japan

Fangting
You're such a
nice and heart
warming crew!
Loved flying with you!
Wishing you all the best♡
Yu 優

HAPPY BIRTHDAY TO YOU!!!
HAVE FUN AND HAPPY FLYING

RUBUKA

AR FANGTING
PPY HAPPY Birthday ☺
PE you had NICE ☺
AVE FUN & Happy flying ☺
AYAKO

EAR. FANGTING.
일을 축하해요~!!
가오는 새해에도 행복한 일들만
득하기를.. HAPPY B-day♡
URI from KOREA

DEAR FANGTING,
NÉ ZALIGE & NÉ GELUKKIGE
EN BOVENAL NÉ
PRETTIGE VERJAARDAG
LIEVEN

车回厨房时，发现这位年轻人仍在洗手间门外等候母亲，我心中默默感叹他真是不可多得的孝子。

待他们回到客舱座位，我再给他们端上特意预留的餐食，用餐时小伙子温柔地替母亲拆开餐具包装。飞机降落后，这位年轻绅士神色匆匆地赶在其他乘客起身前，跑来和我们确认待会是否能为那位大妈提供轮椅接送服务。直到听到我们肯定的答复，他的紧张神情才慢慢舒缓，似乎放下心中大石。但当他询问时，用的措辞竟然是“那位女士”，难道他们并不是亲人？一打听，原来他们并不认识，只是在飞机上萍水相逢的陌生人！突然觉得心里一阵感动，萍水相逢的陌生人，愿意扶着另一个陌生人去卫生间，耐心等在门外。担心陌生老人独自下机困难，于是急忙赶来确认是否提供轮椅。

世上来去匆匆的过路人太多，有人冷漠，有人善良。而我们在漫长旅途中，又何尝不是筑起防备的高墙、拉起警戒线、习惯独善其身呢？这些陌生的人们让我看到世间的人情冷暖。有情有义的人让我心怀感恩，让我审视自己：其实人心本善，我们亦可以做到。从不同的同事、不同的乘客身上，只要有心，总能汲取到积极的能量。

执飞瑞士日内瓦航班时，一起工作的乘务长非常有趣。他在航班前的机组会议上，给我们每个空乘发一张跟指甲盖般大小的圆形纸片，每张纸片上都写着一个单词。我收到的纸片写着“caring（关爱）”，其他同事的有“kindness（善良）”“happiness（快乐）”“smile（微笑）”之类的暖心词汇。他慎重认真地将纸片交给我们，再三叮嘱让我们保管好。

他说：“不管你们拿到哪张纸片，请在工作时提醒自己做到纸片上所写的那样。”在航班结束、飞回卡塔尔后，他又重新给我们一人一张空白的小卡片，让每个人写上新的单词后再还给他，由他在下一次飞行时交给他的新同事们。每一张小卡片，都是同事之间的叮嘱与鼓励，薪火相传，不断延续。积极的正能量，就这样不断循环，形成一种良好的心理暗示，让人能够更快乐更充实地投入工作和生活。至今，我仍保存着那个小小的纸片，美妙圆形上的字迹已有些模糊，但它给我传达的力量却从未中断。在飞行的过程中，总是遇到许多温暖的人与事，这些故事让我的内心更加柔软，更懂得去感恩，去传递和分享正能量。

为什么他们这么能喝？

某次我执飞从卡塔尔首都多哈至意大利米兰的航线。航班上有一个日本旅行团，由一群五六十岁的日本阿伯和大妈组成。他们看起来都兴高采烈，可能是因为要去意大利旅行而如此兴奋。他们的酒量非常好，每个人都会点上几杯饮料：啤酒、鸡尾酒、葡萄酒、烈酒。整个飞行途中，我一直在客舱里来来回回地照顾这些阿伯大妈们，很是忙碌。

抵达米兰后，乘客下飞机时，有一位日本老伯伯向我道谢，并向我鞠躬，我受宠若惊，甚至感觉担当不起。这时老伯伯说："谢谢你对我的照顾，航班上我跟你多要了几个面包，你及时地拿给我了。"还有一位乘客非常开心地对我说："谢谢你的香槟，非常好喝，我从来没有喝过这么棒的香槟。"这时我才突然意识到，我只是在做我应该做的事情，原来自己的一些微不足道的举动，却能够让出门在外的游人感到温暖。

于是我开始推测，乘客选择从日本飞到多哈，再从多哈飞到米兰，如此长途飞行，而不选择直接从日本飞到米兰，想必是经济实惠型的旅行团，才选择转机。

从东京或大阪飞到多哈，需要11个小时。

他们必定在起飞前3小时到达日本机场办理乘机手续，所以在度过漫长的14个小时的旅途后，他们才抵达多哈。

到达多哈后，需在机场等候转机。日本航班降落多哈时是清晨5点，米兰航班却在下午2点起飞。这些阿伯大妈需要在机场等候起码9个小时。

在等候转机的这9个小时，可能他们并不是所有人都舍得在机场昂贵的餐厅吃饭，又或者未必吃得饱、吃得习惯。或许大多数的他们都疲惫且饥肠辘辘地在候机楼等候。

终于踏上前往米兰的飞机，这时他们的旅途已累计达到23个钟头。

当他们看到空乘，当然都想多喝几杯，多吃一点东西。

这些阿伯大妈，总共花费29个小时才能够到达意大利。

突然觉得他们很辛苦，出门在外的游人，没有一个是舒适的。哪怕去世界上最美的意大利，也需要花费许多时间、精力和金钱。 从多哈到米兰的单程机票，需要2770卡币，也就是760美元。而这些支付760美元、换来从多哈到米兰6小时飞行的人，在航班上跟我多要一杯酒，也只不过花费我几分钟的时间。

那，这又有什么不可接受呢？

至少，当工作结束后，我们都得到还不错的薪水报酬。给空乘付工资的，表面上是公司，但事实上是这些乘客。而他们甚至都有可能舍不得在机场餐厅里大吃一顿呢！

阿根廷来的中国乘客

在从巴西圣保罗飞往多哈的航班上，有许多中国乘客。

中国乘客非常容易辨认：女人通常素面朝天，服饰以舒适自然为主；男人们喜欢穿白衬衣配黑皮鞋，脸上神情谨慎。他们看起来很兴奋，在飞机起飞前站在机门口，望着停机坪起落停降的风景不愿返回座位。听到我讲中文，便开心好奇地一直问我问题，比如："你是哪里人；你的中文怎么讲这么好；为什么在国外当空姐"之类。三言两语聊起来渐渐熟络，原来他们是生活在阿根廷的华裔，祖籍在福建福州。

他们年龄约50岁，在20世纪八九十年代，在他们最身强力壮的时候，偷渡或"经熟人介绍"到阿根廷工作，来到这片不算太安全的南美洲。语言不通、学历不高的他们最初只能干一些体力活。有人在餐厅里暗无天日地洗碗，有人当清洁工、建筑工……勤恳工作十几年后有一些积蓄，便在当地开小超市小饭馆，慢慢

Instagram
hiaqatar
CDE
Gates B
1K Likes
hiaqatar #BestAirportInTheMiddleEast
#Doha #HIAQatar #مطار_حمد_الدولي #قطر
#أفضل_مطار_في_الشرق_الأوسط

成为第一代移民，然后结婚生子，渐渐扎根在这原本陌生的国度。不过在阿根廷，有些地方在晚上治安不好，抢劫犯罪猖獗。早年甚至有地头蛇和黑势力团伙，以此为理由强行征收所谓的“保护费”，因此生活也并不太愉悦。

一位乘客激动地告诉我，这是他去阿根廷几十年来第一次回国，回老家。背井离乡数十年，他们学会讲日常的西班牙语，但由于缺少语境，至今仍不懂英文。他们此次行程非常复杂及劳累：从阿根廷登机，飞3小时前往巴西圣保罗，再从圣保罗历经15小时飞往多哈，再从多哈转机飞行8小时至香港，最后从香港转机飞回福州。他们委托当地的华人机构中介代买机票，可能因为沟通不当，他们竟对自己的行程一无所知。他们甚至不知道中介订的机票需要在卡塔尔转机，更不知道该如何在香港转机回福州。有好几个人甚至问我“是不是这架飞机能直接送他们回福州老家”。我看着他们递给我的机票订单，有点心酸，耐心跟他们解释转机的流程。他们甚至不知道原来飞机上还有东西吃，一直小心谨慎地僵坐着。当我的外国同事用英文问他们需要何种餐食时，他们便远远地向我挥手求助。这样可爱的乘客，让我忍不住想多照顾他们。但他们非常礼貌贴心，即使跟我要一杯开水也一直说“不好意思给你添麻烦了，假如不方便就不要了”，一直不停地跟我道谢，而我也只不过是在飞行途中多问候了几句自己的同胞。

这群来自阿根廷的中国乘客，虽然他们已经更换了护照，但却没有更换故乡的概念，没有更换落叶归根的概念，更加没有更换过自己是中国人的概念！不知道这些数十载未能踏进祖国国土的人们，能否忆起故乡的一土一木，是否会有“惟有门前镜湖水，春风不改旧时波”的感叹；见到故乡的人事变迁，又是否有“少小离家老大回，乡音无改鬓毛衰”的哀伤。我突然觉得自己很幸福，因为有幸见证了太多人喜悦的返乡归途。一段段迎来送往的飞行，让我参与了一个个离别与重逢的故事。希望他们能顺利回到故乡，少一些旅途的舟车劳顿。

有不少外国同事曾向我抱怨中国乘客说话大声、喜欢喧闹，但其实老外同事不懂，这些被认为举止不够文明优雅的乘客，大多数都曾在贫穷的泥泞里摸爬滚打，他们的观念里首先是谋得生存，要奋力竞争，然后才是礼让。他们或许不会像英国乘客优雅婉转地向我们询问一杯香槟，但他们却是最体谅国外航空的中国籍空乘的乘客。他们的质朴善良，常让我感动。

倘若问我最喜欢哪国乘客，我当然会答，祖国同胞！

环球飞行二三事

招聘：公司会在全球各个国家不定期举行招聘会。

工作环境：与来自世界各地的同事一起工作、生活。在中东的航空公司需要学习的第一件事，是学会接纳和欣赏不同的文化。在文化大熔炉般的环境中求同存异，学会与不同国籍的同事和睦共处。

空乘初始培训：每个人需要通过历时两个月的全英文培训，包括服务课程、安全课程和急救课程、灭火课程和水上撤离等课程。每门课程达到94分以上为合格，即必须保持一张试卷最多错三道题的成绩，否则课程将不合格。不通过者将被遣送回国。

考核：新人通过三个考察航班，就可以正式飞行了。新人有为期半年的试用期。之后每三个月需接受机上考核，每年需通过安全、急救及服务课程的复训。

班表：每个空乘不论国籍资历，每月能自由申请执飞任何航

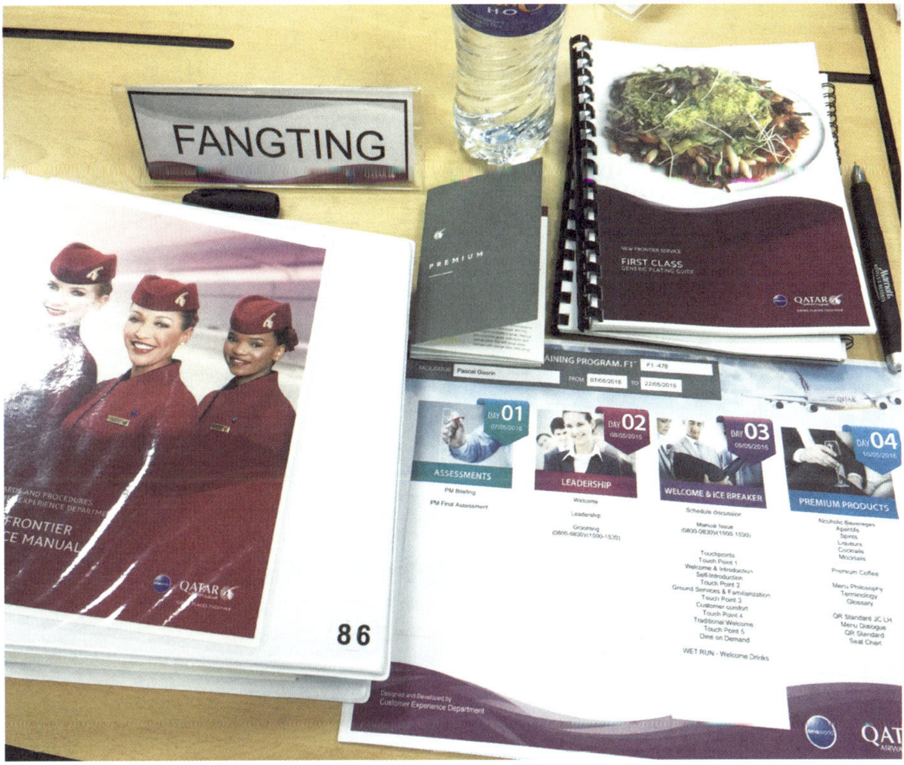
FANGTING
PREMIUM
NEW FRONTIER SERVICE
FIRST CLASS
GENERIC PLATING GUIDE
QATAR
FRONTIER
CE MANUAL
86
DAY 01
ASSESSMENTS
DAY 02
LEADERSHIP
DAY 03
WELCOME & ICE BREAKER
DAY 04
PREMIUM PRODUCTS
Designed and Developed by
Customer Experience Department

线。申请执飞航班，可以根据航班停留时间长短、用餐补贴高低以及航班号、航班日期等因素来选择。每个月固定会有9～11天的休息。每个空乘都可以选择申请在一个月内连续四天连休，可以到周边国家游玩或者回国与家人团聚。每个月22～25日会公布下个月的班表。

住宿：公司提供免费的公寓，公寓布局通常为两房或三房一厅，两卫浴，一厨房，水电房租全免，电视、烤箱、冰箱、洗衣机、吐司机、浴缸、衣柜等电器及家具设施配套完善，宿舍楼下有免费使用的健身房、干洗房。游泳池和桑拿房的配置则因不同宿舍楼而定。每栋宿舍楼都有24小时上班的保安看守，非常安全。公司班车到公寓楼下准时接送空乘上下班。

舍友：刚入职时，公司会安排不同国籍的人住在同个宿舍，让新员工快速适应全英文的工作、生活环境。

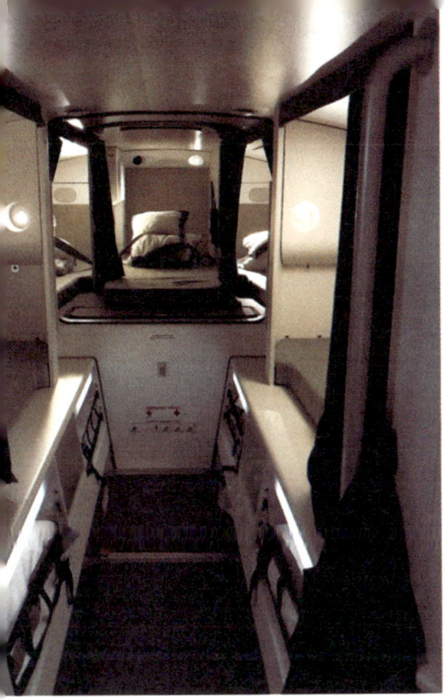

年假：每一年都有30天的带薪年假，可自由申请想要休假的日期。

晋升：所有人都有平等的晋升机会，晋升没有任何的国籍限制，绝对公平公正。工作认真负责、个人档案记录良好、工龄符合晋升条件的员工，可以申请晋升。符合条件者，将参加一系列的包括笔试和面试的考核。考核通过者，会得到参加升职培训的机会。顺利通过所有培训课程的人，并且完成规定数量的考察航班后，则顺利升职。

POSTSCRIPT

【后 记】

旅人和路人

从2013年夏天开始，我终于踏上了梦寐以求的路途。地球一下子缩小了，物理上的距离突然压缩成为地图上细长的线，跨洋跨洲的旅行也突然就变成了像转动手中地球仪那般轻松自在的事情。

其实，从未想过自己可以走这么远。

小时候喜欢上地理课，面对世界各地的图片，稚嫩的我总是喜欢问同桌“你最想去的地方是哪里”，不亦乐乎地和小伙伴幻想着书中才有的世界。没想到后来我真的去了不少地方，去到年幼时我根本不为所知的世界。我见过尼日利亚触目惊心的贫穷；我看到在孟加拉国的街道上行驶着破烂的摩托车与三轮车；无家可归的人们蜷缩着睡在马路边；没有门的公交车里挤满了乘客；街上垃圾与尘土疯狂飞扬。我也到维也纳金色大厅欣赏过交响乐演奏会；在纽约帝国大厦顶楼俯瞰过这个位于世界中心的城市；也曾被梵蒂冈西斯廷教堂里的壁画所深深震撼。在休斯顿宇航局的草地上，人们为了悼念航天事故中牺牲的宇航员而栽种一整片树林。我也看到了安徒生笔下的小人鱼，柯南·道尔描述的贝克街22号，以及茜茜公主沉醉的多瑙河。这个世界是那么的不一样，和我想象中的不一样。我以一名过路人的姿态，有幸目睹它的千姿百态。

Germaine's
LUAU

我在旅途中和许多人相遇。而这些擦肩而过的路人，比一万年不变的风景更加生动具体，为我的旅途记忆注入了饱满的血肉身躯。我记得有天傍晚，我独自在曼谷大型超市Big C购买食物及日用品。当我吃力地拎着沉甸甸的四袋食物在路口拦出租车时，正值交通高峰期，马路被车子围得水泻不通，熙熙攘攘的异国黄昏让我心急。我问一名超市保安是否有专门的taxi stand出租车等候区，当时他正在路口指挥着前来超市购物的车辆进入停车场，但他立即停下手中的工作，热心主动地帮我拎东西，把我带到人稍微少一点的地方，帮我拦到出租车，直到我上车了才离开。又有天，在巴塞罗那，我向一位推着帆布购物车的老太太问询地铁站方位。老太太头发花白，身材瘦小，穿着讲究的裙子和低跟鞋，只讲一点点英语。她愉快地说“跟我走”，便带着我穿过几条人烟稀少的小巷子来到地铁站，执意陪我搭升降电梯下楼，把我送到售票机前，亲了亲我的脸颊，她才离开。

尽管最终我的所有旅行都只是变成了零散的片段，这些记忆的碎片偶尔像一缕若有若无的风一般，在我的心中飘过，却让我觉得对世界的情感从未如此饱满与激昂过。有一些画面总是直击我的心灵，不只是感动，是启发，是忧伤，更是豁然。

雅翠火鍋小廚
筷子記
澳門
麵食
茶檔
菲律賓東方大學牙科博士
牙科醫生 伍偉民
DR. NG WAI MAN DENTAL SURGEON
D.D.M. (U.E. PHIL.)
歡迎外賣
2854 9969 2854 9961
宇明玻璃畫架
YUE MING GLASS & FRAMES
畫架

我享受旅行的状态，因为我多半独自上路，少了与同伴的沟通，只剩下内心与风景的对话。这时候就像一个隐形人，一个抱着极度欢喜感恩的人，打量着周围的全新的世界。我曾经在曼彻斯特花上一整个下午观察窗外变幻莫测的云朵与天空；也曾在澳大利亚珀斯的城市公园里，像其他正午休的上班族一样，躺在草地上晒阳光；也曾在京都的清水寺大殿中找个隐蔽角落做个简短的冥想；也曾在休斯顿高楼林立的市中心沿着繁华街道慢跑健身。很多时候，我在做着和旅行毫无关系的事情，然而正是这些无关紧要的小事让我从紧凑的行程中分离出来，与其他有丰富计划安排的游客区分出来，我变成了一个介于local（当地人）和tourist（游客）之间的隐形路人。在我沉默无声的旅途中，一切感受都放大了，一切美景也像是被显微镜扩大那般，和我进行了最强有力的沟通。

旅行并没有消除我人生中所遇到的烦恼，也并没有纠正我那些不太可爱的缺点。旅行只是让我收获了孤独，而我享受那种能理解自己并且尊重自己的孤独。像蒋勋在《孤独六讲》里所写，孤独是一种非常饱满、完美的生命状态，是李白的“举杯邀明月，对影成三人”，是庄子的“独与天地精神往来”。我也曾恐惧、厌烦、抗拒过孤独，但最终学会不管在旅途还是在平常生活中坦然接纳与包容孤独的存在，和自己内心的声音成为知己。我收获到了人生中非常重要的一项技能：如何与自己相处。我过去

曾非常害怕独处，曾强烈依赖某种亲密关系，以此作为心灵的慰藉，用来消磨时光以及消除对未来的恐惧。但在旅行中我长时间地与独处较量，最终我驯服了内心的猛兽。它安定了下来。我不再焦躁不安、胡思乱想，我不断在旅行与平常生活中转换角色，我学会了如何在孤独中掌控时间与生活，并知道人生是一段漫长的、需要倾听自己内心的路途，我比之前更加注重内在的净化与修行。我给自己的心提供了一个休憩的场所，我懂得了如何经营我自己的精神世界。这不就是人生的一大进步么？

旅行也让我深知世界之大，大到可以包罗万象，大到无奇不有。因为窥探到世界的多元化，才承认并且接纳了自己的局限和狭隘，才认同了自己的无知与不完美，才允许自己不懂得别人，也允许别人不必懂得自己。才多了理解与尊重，才懂得原来怜悯心是旅行中得到的一项宝贵技能。

在卡塔尔，经常可以看到一些来自印巴的劳工，在烈日炎炎的大街上走着，有时候竟然会看到他们手牵着手。在保守的伊斯兰国家看到两个大男人在公众场合牵着手，未免会觉得惊诧。后来我的一位导师告诉我，她曾在飞行时遇过一整个航班的劳工前往多哈务工，下机后，这些人都手牵着手，就像是幼儿园小朋友过马路那般团结与小心翼翼地往外走。由于好奇心的驱使，她非常善意地向那些工人们询问原因。原来，这些工人大多数是同村或同乡老友。在出发前，他们都向彼此的家人承诺：

从此出门在外，会待对方如同兄弟般，会保护、照顾彼此。这也就是为什么他们会牵着手走在一起，是因为他们在异国他乡是彼此的兄弟和依靠。他们到了陌生的、语言不通的、举目无亲的、只能够靠体力劳动来求得生存的一个地方，来自同乡的兄弟，就是他们新的亲人了。世界是如此之大，大到无法再用我们原有的价值体系去衡量在我们眼前出现的人与事。就好像，在穆斯林的价值观中，喝酒、婚前性行为与杀人放火一样，是滔天大罪。而在荷兰阿姆斯特丹，抽食大麻和招妓都是合法的，性产业蓬勃发展。旅行所带来的新事物冲击着我的那些陈旧观念，让我懂得包容，更有耐心去了解他人，而不是武断粗暴地在心中给他人贴上标签。

因为工作的特殊原因，Cabin Crew（空中乘务员）每个月都有机会去四五个不同的国家，春夏秋冬往往在短短几周内随机播放。这种生活状态持续了很久，就像是一种毒药，让我习惯、依赖、爱上、无法自拔。这一路上遇到的人与事，让我的人格变得更加饱满与具象。Cabin Crew的工作千千万万人在做，每个人都有不同的诠释，每个人从中获得不一样的东西，但当你这个人是对的，你的世界就是对的。

愿我能够不断地往前走。

愿我们都能在路上。